KB089369

이재명의 일 포스티노

이재명의

일 포스티노

희망을 담아 띄우는
문학 편지

김용락
유응오
엮음

White Wave

가난했지만 꿈을 잃지 않았던
모든 사람의 이야기

『이재명의 일 포스티노』는 한국의 근 · 현대 문학 작품을 소개하는 글이자, 제가 살아온 삶을 한국의 근 · 현대 문학 작품에 빗대서 소개한 책입니다.

책을 보면서 저는 루마니아의 신부이자 작가인 콘스탄틴 게오르규가 제1차 세계대전 중에 겪었다는 '잠수함에 탄 토끼'이야기를 떠올렸습니다.

예전에는 제작 기술이 부족하여 잠수함에 토끼를 태웠습니다. 잠수함 내부에 공기가 부족해지면 토끼가 반응을 보였고, 잠수함은 즉시 부상하여 부족한 산소를 다시 채웠다고 합니다.

군부 독재 당시 한국에 초청 강연을 온 게오르규는 자유를 박탈당한 국민을 위해 한국의 문인들이 '잠수함의 토끼'가 되어주기를 당부했다고 합니다.

국내의 많은 문인께서 게오르규의 역설 이전부터 '잠수함의 토끼'를 자임해왔습니다. 산업 재해를 딛고 인권 변호사, 성남시장, 경기도지사, 대통령 후보의 길을 걸어온 제 발자취마다 인용할 문학 작품이 있다는 게 바로 그 증거라고 생각합니다.

우리나라는 단기간에 '한강의 기적'을 이룩했습니다. 우리 국민의 피땀 어린 헌신 덕분입니다. 동시에 이런 빛나는 성과는 많은 분의 희생 위에 세워졌습니다. 저의 굽은 팔과 잃어버린 후각 역시 그런 대한민국 산업화의 상흔 가운데 하나입니다.

대한민국의 민주화는 산업화와 궤적을 같이 해왔습니다. 거리 위로 나선 노동자, 농민, 학생, 수많은 시민과 함께 산업화의 폐해를 고발한 문인들이 없었다면 우리 사회의 민주화는 늦어졌을지도 모릅니다.

우리 문인들은 문학작품을 통해서 모두가 함께 일군 삶의 흔적을 기록하고, 때로는 먼저 나서서 우리 사회에 경종을 울리는 일을 해왔습니다. 그래서 저는 이 책을 제 개인의 삶이 아니라 가난했지만 꿈을 잃지 않고 살아온 모든 사람의 이야기라고 생각합니다.

이 책을 기획하고 엮어주신 김용락 시인님과 유응오 소설가님, 글을 감수해주신 도종환 의원님을 비롯한 문화강국본부 여러분께 이 자리를 빌려 감사 인사를 드립니다.

이 책을 통해 과거의 절망이 아닌 미래의 희망을 발견할 수 있기를 간절히 고대합니다.

제20대 더불어민주당 대통령 후보

이재명

차례

산정의 어떤 나무는 바람 부는 쪽으로 모든 가지가 뻗어 있다. 근육과 뼈를 비틀어 제 몸에 바람을 새겨놓은 것이다.

- 김주대 「사랑을 기억하는 방식」

가난 때문에 국민학교만 졸업하고 공장에 다녀야 했던 소년이 있습니다. 소년은 프레스에 손목이 눌리는 산업 재해를 입었습니다. 성장하면서 소년의 팔은 뒤틀리기 시작했습니다. 소년은 락카실에서 매일 아세톤과 벤젠에 노출되다보니 후각도 잃어야 했습니다.

소년은 지옥 같은 공장에서 벗어나기 위해 검정고시에 합격한 뒤 학력고사를 보았습니다. 전국 30만 등 밖에서 시작한 소년은 8개월 뒤 학력고사 2,500등 안에 들었습니다. 덕분에 소년은 등록금을 면제받고 매월 학자금을 받는 법과대학 선호장학생이 되었습니다.

청년은 민주화를 위해 투신한 친구들을 보면 부채감을 느꼈습니다. 그래서 청년은 판사나 검사가 될 수 있는 자격이 충분했음에도 인권 변호사가 되었습니다.

변호사는 사무실을 열면서 돈이 아닌 사람을, 이익이 아닌 정의를 변호하겠다고 다짐했습니다. 노동상담소에서 법률 상담을 하는가 하면, 에프코아코리아의 위장 폐업 사건과 필리핀 이주 노동자 에리엘 갈락 사건에 승소해 노동자 인권에 앞장섰습니다. 성남시민모임을 이끈 변호사는 성남시장에 출마해 당선되었습니다. 자신이 소년공으로 일한 성남시의 시장이 되어서 무상교복 등 보편적 복지를 실현해갔습니다. 경기도지사가 된 뒤에도 성남시장 때와 마찬가지로 공약 이행률 1위를 지켰습니다. 시민이 시민다운 성남시, 도민이 도민다운 경기도를 넘어 국민이 국민다운 대한민국을 만들기 위해 대통령 후보로 나섰습니다.

바람이 부는 쪽으로 모든 가지가 뻗어 있는 산정山頂의 나무처럼 이재명은 산업화라는 시대의 바람에 몸을 맡긴 나머지 팔이 비틀릴 수밖에 없었습니다. 하지만 이재명은 자신의 굽은 팔이 부끄럽지 않습니다. 그 굽은 팔이 '사랑을 기억하는 방식'임을 잘 알고 있기 때문입니다. 하여 이재명은 자신의 몸에 역사라는 거대한 바람을 새겨놓고 싶을 따름입니다.

엄마는 가끔 나에게 말한다

- 내가 니 머리 꼭대기에 앉아 있어

그러면 나는 이렇게 말한다

- 내가 엄마 속에 들어갔다 나왔어

- 박찬세 「생일」

이재명의 어머니는 자식이 여럿이기도 했지만, 무엇보다 무거운 삶의 무게에 눌려 살아왔던 터라 이재명이 태어난 날이 22일인지 23일인지 헷갈렸습니다. 이재명 어머니는 점을 쳐서 이재명 생일이 23일인 것을 알아냈습니다. 그때부터 이재명 생일은 10월 23일이 되었습니다.

아들의 생일이 10월 22일인지 10월 23일인지 헷갈리는 이재명 어머니. 하지만 이재명 어머니는 아들이 판사나 검사가 되기에 충분한 자격을 지녔음에도 변호사의 길을 택한 것을 말하지 않아도 알고 있었습니다. 어머니는 아들의 머리 꼭대기에 앉아 있으니까요.

우수雨水도

경칩驚蟄도

머언 날씨에

그렇게 차가운 계절季節인데도

봄은 우리 고은 핏줄을 타고 오기에

호흡呼吸은 가빠도 이토록 뜨거운가?

손에 손을 쥐고

볼에 볼을 문지르고

의지依支한 채 체온體溫을 기리 간직하고픈 것은

꽃 피는 봄을 기다리는 탓이리라

산은

산대로 첩첩 쌓이고

물은

물대로 모여 가듯이

나무는 나무끼리

짐승은 짐승끼리

우리도 우리끼리

봄을 기다리며 살아가는 것이다

- 신석정 「대춘부待春賦」

이재명의 고향은 경북 안동시 예안면 도촌리에 있는 지통마을입니다. 청량산 자락에 있는 지통마을은 경북 영양군, 봉화군, 예안군 등 3개 군이 만나는 접경지대입니다. 이재명이 살았던 집은 슬레이트 지붕 벽돌집이었습니다. 구멍이 숭숭 뚫린 시멘트 벽돌로 지어진 집이어서 이재명의 가족은 겨우내 추위를 견뎌야 했습니다. 창문에 허옇게 서리가 앉는 새벽이면 얼어 죽지 않기 위해 불을 피워야 했습니다. 자고 나면 물그릇의 물이 얼어 가운데가 불룩하게 솟아 있고, 유리창에는 얼음이 얼어 알 수 없는 기하학적 산수화가 그려져 있었습니다.

산은 산대로 첩첩 쌓이고 물은 물대로 모여서 어는 추운 겨울날, 나무는 나무끼리 눈에 덮여 서 있고, 산짐승은 산짐승끼리 눈길을 헤맬 때 이재명의 가족은 가족끼리 옆자리에 누운 사람의 체온으로 추위를 견디며 간절히 봄을 기다려야 했습니다.

내용 없는 아름다움처럼

가난한 아이에게 온
서양 나라에서 온
아름다운 크리스마스 카드처럼

어린 양의 등성이에 반짝이는
진눈깨비처럼

- 김종삼 「북치는 소년」

국민학교를 마칠 때까지 이재명은 도화지와 크레파스를 손에 쥔 적이 없었습니다. 가난한 집안 형편 때문에 미술 수업 준비물을 파는 문방구를 갈 수 없었던 것입니다. 교과서 말고는 공책과 연필 한 자루가 이재명이 가진 학용품의 전부였습니다.

소년 이재명에게 도화지와 크레파스는 손에 쥘 수 없는 '내용 없는 아름다움'이었습니다. 교과서와 공책, 연필 한 자루가 학용품의 전부였던 소년 이재명에게 도화지와 크레파스는 가난한 아이에게 서양 나라에서 온 아름다운 크리스마스 카드와 같은 것이었습니다.

지금은 남의 땅 빼앗긴 들에도 봄은 오는가

나는 온몸에 햇살을 받고
푸른 하늘 푸른 들이 맞붙은 곳으로
가르마 같은 논길을 따라 꿈속을 가듯 걸어만 간다.

입술을 다문 하늘아 들아
내 맘에는 내 혼자 온 것 같지를 않구나
네가 끌었느냐 누가 부르더냐 답답워라 말을 해다오.

바람은 내 귀에 속삭이며
한 자욱도 섰지 마라 옷자락을 흔들고
종다리는 울타리 너머 아가씨같이 구름 뒤에서 반갑게 웃네.

고맙게 잘 자란 보리밭아
간밤 자정이 넘어 내리던 고운 비로
너는 삼단 같은 머리를 감았구나 내 머리조차 가뿐하다.

혼자라도 가쁘게 나가자
마른 논을 안고 도는 착한 도랑이
젖먹이 달래는 노래를 하고 제 혼자 어깨춤만 추고 가네.

나비 제비야 깝치지 마라.

맨드라미 들마꽃에도 인사를 해야지

아주까리기름을 바른 이가 지심 매던 그 들이라도 보고 싶다.

내 손에 호미를 쥐어 다오

살찐 젖가슴 같은 부드러운 이 흙을

발목이 시리도록 밟아도 보고 좋은 땀조차 흘리고 싶다.

강가로 나온 아이와 같이

짬도 모르고 끝도 없이 닫는 내 혼아

무엇을 찾느냐 어디로 가느냐 우스웁다 답을 하려무나.

나는 온몸에 풋내를 띠고

푸른 웃음 푸른 설움이 어우러진 사이로

다리를 절며 하루를 걷는다 아마도 봄 신령이 지폈나보다.

그러나 지금은 - 들을 빼앗겨 봄조차 빼앗기겠네.

- 이상화 「빼앗긴 들에도 봄은 오는가」

고학년이 되어도 이재명의 가정 형편은 달라지지 않았습니다. 학교에서 여름이면 보리 한 되 주워 와라, 가을이면 나락 한 되 주워 오라고 했는데, 집에 논밭이 없는 이재명은 남의 논에 들어가서 이삭을 며칠씩 주워야 했습니다. 그렇게 주워도 미처 한 움큼도 되지 않았습니다. 다른 아이들은 집에서 퍼가지고 가는데, 어머니가 고생하는 걸 알았던 이재명은 집에 가서 말조차 꺼내지 못했습니다. 대신 이재명은 학교에 가서 맞는 것으로 때워야 했습니다.

화전민이나 사는 소개疏開집의 아이여서, 논밭 한 뙈기 없는 빈농貧農의 아이여서 남의 논밭을 해거름이 지도록 이삭을 주워야 했던 이재명은 땅을 갖고 싶었습니다. 가족이 배고프지 않을 만큼만, 자신이 학교에서 매 맞지 않을 만큼만 땅이 있었으면 바랐습니다. 하지만 '푸른 웃음 푸른 설움이 어우러진 사이로 다리를 절며 하루를' 걸어도 이재명의 가족에게는 논밭이 없었던 터라 봄이 와도 봄을 빼앗긴 것만 같았습니다.

연탄재 함부로 발로 차지 마라

너는

누구에게 한 번이라도 뜨거운 사람이었느냐

- 안도현 「너에게 묻는다」

국민학교 시절, 이재명이 가장 좋아했던 곳은 도서실이었습니다. 이재명은 당시 소년소녀명작과 어린이권장도서들을 모두 국민학교 도서실에서 읽었습니다. 삼계국민학교 1층 교무실 옆에 있던 그 작은 공간이 어린 이재명의 영혼을 자유롭게 했습니다. 다 읽지 못한 책을 집에 빌려 가기 위해, 서리해 온 복숭아를 도서실 사서 노릇하던 같은 반 친구 김재학과 나눠 먹기도 했습니다. 그 시절 김재학이 베풀어준 호의를 이재명은 잊은 적이 없습니다. 공장에 다니면서도 이재명이 김재학에게 편지를 부쳤던 것도 고마움의 표시였습니다.

이재명은 국민학교에 다니는 내내 가난하다는 이유로 자주 회초리를 맞아야 했습니다. 그런 이재명에게도 달콤한 기억이 있습니다. 봄철 토요일 오후, 도서실에서 책을 빌려서 나오는 하굣길, 신작로 미루나무에 바람이 불어 나뭇잎이 소리 내며 하얗게 뒤집어지던 순간이었습니다. 도서실 사서인 같은 반 친구 김재학이 없었다면 이재명에게는 그런 아름다운 추억은 남아 있지 않을 것입니다.

다시 만나면 알아 못 볼

사람들끼리

비웃이 타는 데서

타래곱과 도루모기와

피 터진 닭의 볏 찌르르 타는

아스라한 연기 속에서

목이랑 껴안고

웃음으로 웃음으로 헤어져야

마음 편쿠나

슬픈 사람들끼리

– 이용악 「슬픈 사람들끼리」

이재명은 국민학교 졸업식에 참석하긴 했지만 슬프지도 않았고 애상에 젖지도 않았습니다. 졸업식 날 이재명은 꽃다발을 받지도 못했고, 자장면을 먹지도 못했습니다. 그럼에도 불구하고 이재명의 부모는 이재명의 국민학교 졸업만을 기다렸습니다. 그해에 이재명의 셋째 형인 이재선은 중학교를 졸업했습니다. 두 아들이 학업을 마치면 성남으로 데려가려는 게 이재명 아버지의 계획이었던 것입니다.

오래전, 시골의 학교 졸업식장이 눈물바다가 된 이유는 졸업생들이 고생길이 훤한 산업 현장으로 떠나야 했기 때문입니다. 졸업식을 마치고 나면 졸업생들은 다시 만날 수 없을지라도, 다시 만날 때 알아볼 수는 없을지라도 졸업생들은 애써 웃음 지으면서 헤어졌습니다.

이재명도 예외는 아니어서 꽃다발도 받지 못하고 짜장면 한 그릇 얻어먹지 못하고 소년공이 되기 위해서 고향을 떠나야 했습니다.

하지만 이재명은 고향을 평생 그리워하면서 살았습니다. 그래서 대학 시절 영어 수업 시간에 MBC 방송국에서 촬영을 나왔을 때 고향 친구들에게 자신의 모습을 보이고 싶어서 목을 빼고 앉아 있었다고 합니다.

세놓을 수 없는 빈방
누구나 가지고 산다
채울 수 없는 곳간처럼
허기가 도는 곳
곰팡이가 피어 방문을 열지 못한다
자작나무로 아궁이를 지펴도
온기가 그리운 방
세놓을 생각에 불 지핀다
얼마나 지폈을까
윗목은 좀처럼 달아오르지 않는다
처음부터 이 방은 손님 맞을 수 없었나
욕심이 서늘하게 식어가고 있다

작은 공간에서 서성였던 시간
나만의 비밀로 묻어두고 싶다
숨기고 싶은 마음 저편
누군가에게 들키고 싶었는지 모르겠다
이런 날, 세상 이곳저곳
길 잃은 짐승처럼 기웃거린다

- 김희정 「빈방」

이재명은 국민학교 6학년 겨울에 거리를 돌아다니며 병뚜껑을 모았습니다. 술병이나 콜라병 뚜껑들을 납작하게 만든 뒤 자루에 넣어 한구석에 두었습니다. 이사 가는 날 새벽에 이재명은 자루를 들고 부엌 아궁이로 갔습니다. 병뚜껑들을 쏟은 다음 한 주먹씩 아궁이 개자리 저편 깊숙이 던져 넣었습니다. 이재명이 고향 집에 두고 온 것은 오직 그 병뚜껑들뿐이었습니다.

3년 뒤 집안에 일이 생겨 고향 집에 갔을 때 이재명은 아궁이로 가서 막대기로 병뚜껑들을 끄집어냈습니다. 병뚜껑들은 녹이 슨 채 서로 엉켜 붙어 있었습니다. 이재명은 그 병뚜껑들을 손에 들고서 눈물을 쏟았습니다.

그 녹슨 병뚜껑들은 소년 이재명에게는 가장 소중했던 것이었습니다. 고향 집을 떠난 이재명은 '길 잃은 짐승'처럼 마음의 거처를 찾을 수 없었습니다. 유년의 기억이 깃들어 있는 빈집을 찾은 이재명은 아궁이에 앉아 자신만의 비밀을 봉인해야 했습니다. 그렇게 이재명의 가엾은 유년은 빈집에 갇혔습니다.

간다

울지 마라 간다

흰 고개 검은 고개 목마른 고개 넘어

팍팍한 서울 길

몸 팔러 간다

언제야 돌아오리란

언제야 웃음으로 화안히

꽃 피어 돌아오리란

댕기 풀 안스러운 약속도 없이

간다

울지 마라 간다

모질고 모진 세상에 살아도

분꽃이 잊힐까 밀 냄새가 잊힐까

사뭇사뭇 못 잊을 것을

꿈꾸다 눈물 젖어 돌아올 것을

밤이면 별빛 따라 돌아올 것을

간다

울지 마라 간다

하늘도 시름겨운 목마른 고개 넘어

팍팍한 서울 길

몸 팔러 간다.

- 김지하 「서울 길」

소년 이재명에게 고향에 남긴 게 이제 아무것도 없다는 걸 확인하는 일은 미칠 것 같은 쓸쓸함을 일으켰습니다.

새벽녘, 고향 집은 비탈에 낮게 엎드려 있었습니다. 가족이 떠나면 아무도 살지 않으리라는 걸 어린 이재명은 알고 있었습니다. 다른 누가 들어와 살 수 있는 집이 아니었습니다. 이재명 가족을 송별해주고 있는 건 그 슬레이트 집뿐이었습니다. 이재명 가족은 가난에 내쫓기고 있었던 것입니다.

가난 때문에 내쫓기듯 고향 집을 떠나야 하는 사람들에게는 도시로 가는 길이 멀기만 했습니다. 고향 집 마당에 심어놓은 분꽃이 발목을 잡는 것만 같아서 자꾸만 뒤를 돌아봤습니다. 하늘도 시름겨운 목마른 고개 넘어 도시로 떠나가는 가족들을 송별해주는 것은 오직 슬레이트 집뿐입니다. 그러나 도시에 가서도 가족들은 꿈길마다 고향 집으로 돌아왔습니다. 별빛 따라 돌아왔습니다.

어리고, 배고픈 자식이 세상을 떴다

—아가, 애비 말 잊지 마라
가서 배불리 먹고사는 곳
그곳이 고향이란다

- 서정춘 「30년 전 : 1959년 겨울」

이재명은 어린 시절 늘 배가 고팠습니다. 이재명이 식물 이름을 줄줄 꿰는 건 이 때문입니다. 이재명은 먹을 수 있는 풀과 꽃과 나무를 일찍부터 알고 있었습니다. 봄이면 참꽃, 찔레, 시금치라고 부르던 신질경이가 돋는 골짜기로 절로 발길이 어린 이재명을 이끌었던 것입니다.

늘 배가 고팠던 산골 소년 이재명은 아버지가 계시는 성남으로 갔습니다. 배불리 먹고사느라 애 어른 없이 온 가족이 노동을 해야 했습니다. 그렇게 성남은 도시 빈민 가족의 제2의 고향이 되었습니다.

어제도 하룻밤
나그네 집에
까마귀 가왁가왁 울며 새었소.

오늘은
또 몇십 리
어디로 갈까.

산으로 올라갈까
들로 갈까
오라는 곳이 없어 나는 못 가오.

말 마소 내 집도
정주 곽산
차 가고 배 가는 곳이라오.

여보소 공중에
저 기러기
공중엔 길 있어서 잘 가는가?

여보소 공중에

저 기러기

열십자 복판에 내가 섰소.

갈래갈래 갈린 길

길이라도

내게 바이 갈 길은 하나 없소.

- 김소월 「길」

고향 집을 떠나 하루 종일 걸려 도착한 이재명 가족의 집은 참으로 낡고 누추한 곳이었습니다. 성남의 상대원동은 산업 공단이 들어선 곳이었고, 회색빛 작업복을 입은 공장 노동자들이 모여 사는 곳이었습니다. 이재명 가족이 상대원동에 살기 위해 그 머나먼 길을 떠나온 이유는 공장에 다니기 위해서였습니다.

성남으로 온 뒤 이재명은 소년공이 되었습니다. 이재명이 소년공 생활을 하는 동안 이재명 가족은 무려 10차례나 이사를 해야 했습니다. 처음에는 일곱 명의 식구가 단칸방에 살았습니다. 방이 두 개인 집으로 이사 가는 데 3년이 걸렸습니다. 식구들이 번 돈을 박박 긁어모아서 얻은 셋집이었습니다.

도시 빈민 가족은 계약이 끝날 즈음이면 다시 새 셋집을 구해야 했습니다. 이 집 저 집을 떠돌아야하는 그들은 부평초 삶을 살아야 했습니다. 이사를 앞둔 그들의 심정은 기러기 떼가 날아가는 공중의 열십자 복판에 선 것 같았습니다. 갈래갈래 갈린 길이 있어도 그들에게는 갈 길이 없고, 밤이면 창문마다 불 밝힌 수많은 집이 있어도 그들에게는 두 발 뻗고 쉴 집이 없었습니다.

산그늘 두꺼워지고 흙 묻은 연장들
허청에 함부로 널브러지고
마당 가 매캐한 모깃불 피어오르는
다 늦은 저녁 멍석 위 둥근 밥상
식구들 말 없는, 분주한 수저질
뜨거운 우렁된장 속으로 겁없이
뛰어드는 밤새 울음,
물김치 속으로 비계처럼 둥둥
별 몇 점 떠 있고 냉수 사발 속으로
아, 새까맣게 몰려오는 풀벌레 울음
베어 문 풋고추의 독한,
까닭 모를 설움으로
능선처럼 불룩해진 배
트림 몇 번으로 꺼트리며 사립 나서면
태지봉 옆구리를 헉헉,
숨이 가쁜 듯 비틀대는
농주에 취한 달의 거친 숨소리
아, 그날의 위대했던 반찬들이여

– 이재무 「위대한 식사」

이재명은 성남으로 이사 와 그나마 형편이 좋아져 쌀밥에 고기 반찬을 먹게 되었을지라도, 어머니와 함께 먹었던 보리밥과는 비교할 수 없었습니다. 청량산의 맑은 공기와 새소리, 물소리 그리고 어머니와 단둘이 보냈던 행복한 추억이 깃든 성찬이었기 때문입니다.

이 세상에서 가장 잘 차린 성찬盛饌은 밤새 울음, 풀벌레 울음이 양념으로 들어간 자연의 밥상입니다. 어떻게 잊을 수 있겠습니까? 그날의 위대했던 반찬들을.

고향엔
무슨 뜨거운 연정이 있는 것이 아니었다.

산을 두르고 돌아앉아서
산과 더불어 나이를 먹어가고 마을

마을에선 먼 바다가 그리운 포플러나무들이
목메어 푸른 하늘에 나부끼고

이웃 낮닭들은 홰를 치며
한가히 고전古典을 울었다.

고향엔 고향엔
무슨 뜨거운 연정이 기다리고 있는 것이 아니었다.

- 김규동 「고향」

소년공 이재명은 그리운 고향 안동의 푸른 산, 맑은 물, 깨끗한 공기를 성남에서 찾아보려고 무던히도 쏘다녔습니다. 탄천을 지나 판교에 자주 갔던 이유도 그나마 고기 잡고 조개 잡는 구경을 할 수 있었기 때문입니다. 고향 안동처럼 당장 뛰어들어 풍덩풍덩 목욕이라도 하고 싶으리만치 깨끗한 물은 아니었지만, 소년공 이재명에게는 많은 위로가 되곤 했습니다.

소년공 이재명은 고향에 가고 싶었지만 가보지 못했습니다. 아버지가 못 가게 했고, 시간도, 돈도 없었습니다. 고향의 친구는 사라졌을지라도 고향 산천은 언제라도 자신을 따뜻하게 반길 것 같았습니다.

비록 벼와 보리를 찧으면서 생긴 겨를 얻어다 찐 겨떡으로 주린 배를 채워야 했던 나날이었지만 이재명은 고향 집이 그리웠습니다. 고향 집에 무슨 뜨거운 연정이 기다리고 있는 것은 아니었지만, 산을 두르고 돌아앉아서 산과 더불어 나이를 먹어가고 마을에는 나무들이 푸른 하늘에 나부끼고 이웃 낮닭들이 홰를 치며 한가히 고전古典을 울었기 때문입니다.

내가 그의 이름을 불러주기 전에는
그는 다만
하나의 몸짓에 지나지 않았다.

내가 그의 이름을 불러주었을 때
그는 나에게로 와서
꽃이 되었다.

내가 그의 이름을 불러준 것처럼
나의 이 빛깔과 향기에 알맞은
누가 나의 이름을 불러다오.
그에게로 가서 나도
그의 꽃이 되고 싶다.

우리들은 모두
무엇이 되고 싶다.
너는 나에게 나는 너에게
잊혀지지 않는 하나의 눈짓이 되고 싶다.

- 김춘수 「꽃」

이재명이 처음으로 입사한 공장은 이름이 없었습니다. 두 번째 공장도 이름이 없었습니다. 첫 번째 공장은 납을 연탄불에 끓여서 염산을 찍어 신주(황동)를 붙이는 목걸이 공장이었다. 두 번째 공장에서도 붕산을 찍어 땜을 했습니다. 어느 날 출근했을 때 공장은 문을 닫은 상황이었습니다. 사장은 석 달 임금을 주지 않고 도망쳤습니다.

공장에 다니는 동안 대부분 이재명은 자신의 이름을 쓰지 못했습니다. 미성년자였기 때문입니다.

소년공에게는 이름이 없었고, 소년공이 다닌 공장들도 이름이 없었습니다. 노동 시장에서 노동자는 이름을 불러지기 전에 하나의 몸짓, 즉, 노동에 지나지 않습니다. 노동자의 이름을 불러주었을 때 비로소 소년공은 인격을 지닌 꽃다운 존재가 될 수 있는 것입니다.

이름 없는 들풀들이

여기저기 흩어져

별 경치도 볼 것 없는

그곳으로 나가

나는 풀빛 울음을 혼자 울 거야

환한 저승 같은 꽃빛깔 앞에

차라리 눈이 부시어

어질어질 눈을 뜨지 못하면

하는 수 없지.

나를 안심하고

눕게 하는 것

포근한 그 들풀 옆에서나

나는 멍청한

내 눈물 속 하늘을 가질 거야.

그리고 꽃이여

진실로 아름다운 꽃이여

나는 너를 미워하지도 못할 거야.

- 박재삼 『들풀 옆에서』

처음으로 이름이 있는 세 번째 공장에 입사할 때 이재명의 이름은 앞집 사는 박승원이었다. 야구 글러브와 스키 장갑을 찍어내는 프레스공으로 일한 다섯 번째 공장은 셋째형 이름인 이재선을 빌려서 다녔습니다. 오리엔트 시계공장에는 권영웅이라는 자신보다 나이가 많은 국민학교 동창 이름을 빌려서 들어갔습니다. 이재명은 공장에 다니는 6년 동안 4년을 남의 이름으로 살았습니다. 당시 이재명은 이름조차 없는 빈민 출신 소년공이었습니다.

전두환의 신군부가 발표한 교육정상화 대책을 듣고서 이재명은 날아갈듯이 기뻤습니다. 검정고시 합격자는 예비고사를 면제해 준다는 내용 때문이었습니다. 하지만 "네 이름으로 공장을 다니지 않았기 때문에 너는 해당이 되지 않는다."는 형(이재영)의 말을 듣고서 이재명은 낙심하지 않을 수 없었습니다.

물질적 풍요와는 아무런 연관도 없이, 그러나 열 손가락을 움직여 끊임없이 상품을 만들어내야 했던 빈민 출신 소년공들은 '이름을 받고' 싶었습니다. 하지만 그 소년공들은 한낱 이름 없는 들꽃과 같은 존재였습니다.

스키 장갑을 만들어도 스키를 타본 적 없고, 시계를 만들어도 조출, 특근, 야근, 철야 때문에 인생의 시간을 맞출 수 없었던 익명의 소년공들은 '진실로 아름다운 꽃'들이었습니다. '포근한 그 들풀 옆에서나' 우리는 눈물 속 하늘을 가질 수 있었습니다.

긴 공장의 밤
시린 어깨 위로
피로가 한파처럼 몰려온다

드르륵 득득
미싱을 타고, 꿈결 같은 미싱을 타고
두 알의 타이밍으로 철야를 버티는
시다의 언 손으로
장밋빛 꿈을 잘라
이룰 수 없는 헛된 꿈을 싹뚝 잘라
피 흐르는 가죽본을 미싱대에 올린다
끝도 없이 올린다

아직은 시다
미싱대에 오르고 싶다
미싱을 타고
장군처럼 당당한 얼굴로 미싱을 타고
언 몸뚱아리 감싸줄
따스한 옷을 만들고 싶다
찢겨진 살림을 깁고 싶다

떨려오는 온몸을 소름치며

가위질 망치질로 다짐질하는

아직은 시다,

미싱을 타고 미싱을 타고

갈라진 세상 모오든 것들을

하나로 연결하고 싶은

시다의 꿈으로

찬바람 치는 공단 거리를

허청이며 내달리는

왜소한 시다의 몸짓

파리한 이마 위로

새벽별 빛나다

– 박노해 「시다의 꿈」

동마고무라는 공장에서 작업 중 손가락이 다쳤을 때 소년공 이재명은 사장에게 뒤통수를 얻어맞았습니다. 공장 사장은 소년공 이재명에게 이렇게 말했습니다.

"조심해서 일을 해야지. 기계 값이 얼만데!"

소년공의 목숨 값보다 기계 값이 더 비쌌던 시대였습니다. 산업재해로 치료받을 경우 그 기간 동안에는 노동자들은 월급의 70%를 받게 돼 있습니다. 하지만 소년공 이재명은 품삯을 받지 못했습니다. 동마고무에서 이재명의 일당은 400원이었습니다. 당시 이재명을 비롯한 동마고무 소년공들의 꿈은 일당 600원을 받는 것이었습니다.

두 알의 타이밍(수면억제제)으로 철야를 버티는 시다(초급) 여공의 꿈은 재단사입니다. 그래서 언 손으로 초급 여공은 장밋빛 꿈을 잘라 피 흐르는 가죽본을 미싱(재봉틀)대에 끝도 올리는 것입니다.

산업 재해로 손가락이 다치고도 사장에게 기계를 고장 나게 했다는 이유로 뒤통수를 얻어맞는 소년공의 꿈은 어엿한 성인이 되어서 일당 6백 원을 받는 것입니다. 그래서 아무리 피곤해도 야근, 잔업, 철야를 마다할 수 없는 것입니다.

빨간 꽃 노란 꽃 꽃밭 가득 피어도
하얀 나비꽃 나비 담장 위에 날아도
따스한 봄바람이 불고 또 불어도
미싱은 잘도 도네 돌아가네

흰 구름 솜구름 탐스런 애기구름
짧은 셔츠 짧은 치마 뜨거운 여름
소금땀 비지땀 흐르고 또 흘러도
미싱은 잘도 도네 돌아가네

저 하늘엔 별들이 밤새 빛나고

찬바람 소슬바람 산 넘어 부는 바람
간밤에 편지 한 장 적어 실어 보내고
낙엽은 떨어지고 쌓이고 또 쌓여도
미싱은 잘도 도네 돌아가네

흰 눈이 온 세상에 소복소복 쌓이면
하얀 공장 하얀 불빛 새하얀 얼굴들
우리네 청춘이 저물고 저물도록
미싱은 잘도 도네 돌아가네

공장엔 작업등이 밤새 비추고

빨간 꽃 노란 꽃 꽃밭 가득 피어도
하얀 나비꽃 나비 담장 위에 날아도
따스한 봄바람이 불고 또 불어도
미싱은 잘도 도네 돌아가네
미싱은 잘도 도네 돌아가네
미싱은 잘도 도네 돌아가네

- 문승현 「사계」

이재명이 근무했던 오리엔트 시계공장의 공정은 판을 깎고, 문양을 넣고, 전기 도금을 하고, 스프레이를 뿌리고, 식자를 붙이는 것이었습니다. 소년공 이재명이 만든 손목시계를 차고 학생들은 등하교를 하고, 회사원들은 출퇴근을 하였습니다. 수많은 공장의 공원들은 자신의 노동 시간을 재고 있었습니다. 오리엔트 저석실에서 소년공 이재명은 더 많은 판을 갈아내느라 여념이 없었습니다. 어쩌면 소년공 이재명의 눈물이 판에 떨어져서 윤활 역할을 했는지도 모르겠습니다.

시계의 초침이 한 바퀴 돌고 나면 분침이 돌기 시작하고, 분침이 한 바퀴 돌고 나면 시침이 돌기 시작합니다. 그렇게 하루가 가고, 한 달이 가고, 한 해가 갑니다.

공장 노동자들의 청춘이 저물도록 시계는 잘도 돌아갔습니다. 철야하는 동안 하늘에서는 별들이 밤새 빛나고 공장에는 작업등이 밤새 비췄습니다. 청천 하늘에는 잔별도 많고, 우리네 가슴에는 수심도 많아서 작업장에는 별처럼 고운 눈물이 떨어졌습니다.

관리들에게도

관복을 입히던 시절

중문 밖 행랑채에는

강 서방 내외가 살았다

어멈은 물을 긷고

아범은 인력거를 끌었다

주인집 일을 거들지만

밥은 따로 해 먹었다

학생들의 교복도

사라진 오늘

운전기사 강씨네는

차고에 딸린 두 칸짜리

연탄방에서 산다

마누라는 안집의 빨래를 해주지만

밥은 따로 해 먹는다

미스터 강은 메르체데스를 끌고

- 김광규 「이대二代」

이재명의 청소년 시절은 교복을 입지 못한 상처로 얼룩져 있습니다. 이재명은 학교 대신 공장을 다녀야 했던 터라 교복이 아닌 작업복을 입어야 했습니다. 우연히 버스에서 새하얀 교복 칼라의 여학생들과 마주치면 소년공 이재명은 여학생과는 전혀 다른 삶의 처지에 놓여 있다는 사실을 깨닫곤 했습니다.

이재명이 대학 입학식 때 굳이 교복을 맞춰 입고 간 것은 어린 시절 너무나 교복을 입고 싶었기 때문입니다.

양복 입은 아버지의 자녀는 교복을 입고, 작업복 입은 아버지의 자녀는 작업복을 입습니다. 그렇게 부유함과 가난함은 대물림합니다.

이재명이 성남시장이 된 뒤 무상교복 제도를 실시한 이유는 저소득층의 자녀들이 교복 때문에 상처받는 일이 없도록 보편적 복지를 실행하기 위해서였습니다.

우리는 제대로 쉬지도 못하고 일했다. 공장은 우리에게 일방적으로 원하기만 했다. 탁한 공기와 소음 속에서 밤중까지 일을 했다. 물론 우리가 금방 죽어가는 상태는 아니었다. 그러나 작업 환경의 악조건과 흘린 땀에 못 미치는 보수가 우리의 신경을 팽팽하게 잡아당겼다. 그래서 자랄 나이에 자라지 못하는 발육 부조 현상을 우리는 나타냈다.

- 조세희 「난쟁이가 쏘아올린 작은 공」 중에서

소년공 이재명은 야구 글러브와 스키 장갑을 만드는 대양실업에서 손목이 프레스에 눌리는 산업 재해를 당했습니다. 당시 공장에는 프레스에 손가락이 잘리거나 손목이 뭉개지는 산업 재해가 종종 발생했습니다. 대양실업 공원들은 이재명에게 운이 좋다고 말했습니다. 그래서 이재명은 병원에 갈 생각도 하지 않았습니다. 이재명이 자신의 팔이 다친 사실을 안 것은 그로부터 1년이 지난 후였습니다. 키가 자라자 팔이 안쪽으로 굽어지기 시작한 것입니다. 다른 뼈가 자라날수록 부러져서 자라나지 못하는 뼈가 안겨다 주는 통증은 극심했습니다.

조세희의 『난쟁이가 쏘아올린 작은 공』 연작에서 '난쟁이'는 산업화 과정의 희생자입니다. 작업 환경의 악조건과 흘린 땀에 못 미치는 보수가 그들의 신경을 팽팽하게 잡아당겨서 자랄 나이에게 자라지 못하는 '난쟁이'로 만든 것입니다.

소년공 이재명의 팔이 굽은 이유 역시 마찬가지입니다. 당시 소년공은 보상을 받을 곳도, 하소연해볼 곳도 없었습니다. 세월이 흘러서 중앙대 법대생인 이재명이 징병 검사를 받았습니다. 군의관은 방사선 사진을 보고서 어이없는 표정을 짓고서 이렇게 말했습니다.

"이거 완전 개판이구만."

개판인 것은 이재명의 삶이 아니라 이재명의 팔을 휘게 한 한국사회의 산업 현장이었습니다.

전쟁 같은 밤일을 마치고 난
새벽 쓰린 가슴 위로
차거운 소주를 붓는다
아
이러다간 오래 못 가지
이러다간 끝내 못 가지

설은 세 그릇 짬밥으로
기름투성이 체력전을
전력을 다 짜내어 바둥치는
이 전쟁 같은 노동일을
오래 못 가도
끝내 못 가도
어쩔 수 없지

탈출할 수만 있다면,

진이 빠져, 허깨비 같은

스물아홉의 내 운명을 날아 빠질 수만 있다면

아 그러나

어쩔 수 없지 어쩔 수 없지

죽음이 아니라면 어쩔 수 없지

이 질긴 목숨을,

가난의 멍에를,

이 운명을 어쩔 수 없지

늘어처진 육신에

또다시 다가올 내일의 노동을 위하여

새벽 쓰린 가슴 위로

차거운 소주를 붓는다

소주보다 독한 깡다구를 오기를

분노와 슬픔을 붓는다

어쩔 수 없는 이 절망의 벽을

기어코 깨뜨려 솟구칠

거치른 땀방울, 피눈물 속에

새근새근 숨쉬며 자라는

우리들의 사랑

우리들의 분노

우리들의 희망과 단결을 위해

새벽 쓰린 가슴 위로

차거운 소줏잔을

돌리며 돌리며 붓는다

노동자의 햇새벽이

솟아오를 때까지

- 박노해 「노동의 새벽」

1980년 여름, 소년공 이재명은 이런 생각을 가질 수밖에 없었습니다.

'과연 어떻게 해야 공돌이 생활을 탈피할 수 있을까? 세상이 나에게 씌워놓은 가면들을 어떻게 해야 벗어던지고 진정한 나로 살아갈까? 과연 나에게 그런 능력이 있을까? 누군가의 도움이 간절하지만, 내게는 아무도 없다.'

소년공 이재명은 포기할 수 없었습니다. 수없이 많은 고민들이 소년공 이재명의 머릿속을 어지럽혔지만 내일이 오늘보다는 나을 것이라는 희망의 불씨가 사라지지는 않았습니다. 그 작은 불씨가 소년공 이재명의 삶을 가까스로 지탱해주었던 것입니다.

50년을 쌓아올린 공든 탑이다 올해 들어 겨우 준공식을 치른 탑이다 겉모습만 간신히 치장을 올린 탑이다 탑 쌓는 동안 얼마나 많은 사람 문드러졌나, 얼마나 많은 생명 찌그러졌나, 그따위 것 묻지 않는다 한가하게 되묻지 않는다

바람이 탑 주위를 맴돌고 있다
살랑사랑 꼬리를 치고 있다
(자본資本, 자본資本의 바람) 지구화니
세계화니…… 운운하며 바람이
제 몸 발가벗고 있다 발가벗고
알몸으로, 탑의 아랫도리 감싸고 있다
(그렇다 바람에겐 국경國境이 없다)

마침내 엉덩이 흔들며 몸 맡기는 탑, 흐물흐물 녹아내리는 탑, 녹아 함부로 바람이 되는 탑, 너무 늦었어요 탑의 시대는 끝났어요, 하며 탑이 턱, 맥 놓고 있다 한 점, 깃털로 흩날리고 있다 아무런 반성도 회환도 없이.

– 이은봉 「탑 : 국가」

소년공 이재명은 어느 순간부터 냄새를 맡을 수 없었습니다. 락카실에서 매일 아세톤과 벤젠에 노출되다 보니 후각을 잃은 것입니다.

소년기의 상흔으로 말미암아 청년 이재명은 봄이 와도 봄의 향기를 느낄 수 없었습니다. 꽃이 피어도 꽃향기를 맡을 수 없었습니다.

과일 향기를 맡을 수 없다 보니 이재명은 아내와 말다툼을 해야 했습니다. 아내가 복숭아를 깎아왔을 때 복숭아를 맛본 뒤 이재명은 "맛난 것을 사오지 그랬느냐?"고 핀잔을 주었습니다. 하지만 그 복숭아는 달고 맛있는 것이었습니다. 복숭아 향기를 맡을 수 없으니 이재명은 복숭아 맛을 제대로 느낄 수 없었습니다.

이재명은 소년 문송명이 온도계 공장에서 수은중독으로 죽었다는 소식을 들었을 때 놀라지 않았습니다. 소년공 시절 일상적으로 겪었던 일이기 때문입니다. 시시때때로 신체가 잘리고, 병들고, 자살하는 게 공원들의 일상사였던 것입니다.

'50년을 쌓아올린 공든 탑'인 산업화는 '아무런 반성도, 회한도 없이' 진행되었습니다. 늦었지만 지금부터라도 우리는 스스로에게 이런 질문을 가져야 할 것입니다.

"탑 쌓는 동안 얼마나 많은 사람 문드러졌나?"

"얼마나 많은 생명 찌그러졌나?"

공장 다니는 친구 하나 연삭기에 코가 스친 순간
얼마나 깊이 다쳤나 슬쩍 코끝을 들어보았다고
코가 얼굴에서 뒤꿈치처럼 들렸다고 피가
터진 그의 얼굴이 이 저녁의 화단 안;
시름시들 숨이 멎어가는 저 붉은 극락조화極樂鳥花 같았겠다.
날아오를 새의 형상이라는 꽃, 그러나 얼굴이 찢어져 있어
폭삭 주저앉은 새의 앉음새를 닮은 꽃, 느닷없이
세찬 바람에, 혹은 떼를 지어 지나가는 죽은 새들의 혼에
꽃 화花자를 지우고 속박에서 벗어난 듯
오롯하게 몸을 세우고 있는 한 마리 극락조極樂鳥,
훨훨훨훨 날아갈 자세다. 피 섞인 숨,
헐떡이는 극락조極樂鳥, 저 얼굴을 누가 찢었을까
상처로 숨을 쉬느라 아무 말 못하는 얼굴인데
행복해…… 한눈에 읽을 수 있는 환한 표정은
기뻐…… 황홀해…… 즐거움의 극치!
추운 가을 저녁의 환한 극락조極樂鳥, 피숨을
내쉬었다 들이마실 때마다 이승을 저승이게끔

느끼게 하는 노을이 화단 가득 번져

점점 더 붉어진 극락조極樂鳥 훨훨훨훨 훨훨훨훨

노을빛과 똑같은 색으로 날아갔나 한순간에

캄캄해진 화단 어두운 하늘, 저 너머에서

누군가 내 표정을 읽고 있는 것 같아

언젠가 문병 가서 본 친구의 그 다친 코를

꼭 붙잡고 있던; 꽃 화花자 같은 수술 자국을 생각하였다.

- 신기섭 「극락조화極樂鳥花」

소년공 이재명은 공부를 하느라 야근을 하지 않으니까 공장 사람들에게 미움을 샀습니다. 당시 이재명이 가장 많이 들은 말은 "공부한다고 출세할 줄 아냐."는 악담이었습니다. 심지어 저석실 책임자인 윤 씨는 이재명이 책 읽는 것을 혐오했습니다. 이재명이 공장 생활하면서 깨달은 것은 동료들과 다른 생활이나 꿈을 갖는다는 건 쉽지 않다는 것이었습니다. 수시로 악담을 퍼붓던 윤 씨는 이재명이 공장을 떠나기 전에 스스로 목숨을 끊었습니다. 너무 가난한 사람들은 꿈을 갖는 법을 알지 못합니다. 끊임없이 좌절하다보니 저주를 자신의 뼈에 새기기 때문입니다. 그토록 자신을 미워하던 사람인데도 소년공 이재명은 그가 죽었다는 소식을 듣고서 눈물이 그치지 않았습니다.

끊임없이 좌절하고 자신에 대한 저주를 뼈에 새겼던 까닭에 꿈을 꿀 줄 몰랐던 윤 씨가 안타까웠던 것입니다. 하여 소년공 이재명은 윤 씨가 세상의 속박에서 벗어나 오롯하게 몸을 세우고 날아가는 한 마리 극락조이길 기원했습니다.

한 청춘의 여자 노동자가

한 청춘의 남자 노동자 가슴에

얼굴을 묻고 있었네

잔업까지 함께 끝마쳤을까

기름때 전 작업복 호주머니에 꽂힌

김남주의 시집

협궤 열차는 시속 20km의 속도로

서해안 노을 속으로 젖어들고

한 청춘의 남자 노동자가

한 청춘의 여자 노동자의 잠든 머리칼을

쓰다듬고 있었네

소금처럼 썩지 않고

이 세상 살아나가는 일 아름답거니

꽃이 되어 산다는 일 너무 힘들거니

보아라, 두 청춘의 노동자가

노을 속 꽃이 되어 한데 피어났거니.

- 곽재구 「수인선」

소년공 이재명이 대양실업에 근무하면서 겪은 이야기입니다.

70명가량 되는 미싱사 모두가 여성이었습니다. 이재명은 커다란 미싱 바늘이 손가락에 꽂히는 것도 여러 번 봤습니다. 살을 뚫고 들어간 바늘은 손으로 뺄 수 있었지만 뼈에 박힌 바늘은 펜치로 잡아서 뽑아내야 했습니다. 10대 중반 소녀들은 바늘을 뺀 뒤 바로 미싱 앞에 앉았습니다. 방금 전 아무 일도 없었다는 듯.

10대 중반 소녀들이 수시로 미싱 바늘에 손가락을 다쳐야 했던 대양실업. 그 공장에서 이재명은 손목 관절이 프레스에 으깨졌습니다. 대양실업에서 소년공들은 손목 골절을 입고, 소녀공들은 손가락에 바늘이 꽂히는 상해를 입었던 것입니다. 그들의 슬픔을 아는 것은 그들뿐. 손목 다친 소년이 손가락 다친 소녀를 위로하면서 노을 속에 꽃이 되어 한데 피어났던 것입니다.

태풍이 온 날
회화나무 가지의 움직임을 자세히 보면
리듬을 타는 권투선수 같다

성당 앞 2층 호프집에 앉아 있으면
회화나무가 얼마나 많은 잽을 날리고 있는지

오는 바람을 머리 숙여 피하며
휙, 휙, 휙 빈 곳을 탐색하고 있다

나 아닌 누군가도
회화나무가 저렇게 아슬아슬하게
바람에 뒤집어질 때,
저건 뒤집어 지는 것이 아니라
비바람의 펀치를 피하고 있는 것이라고
말해주면 좋겠다

사실, 회회나무는 너무 오래전부터
바람을 넘어뜨리고 싶어
온몸을 흔들다
어느새 치고 피하는
빈틈의 박자를
몸에 새기고 말았다

– 김호균 「회화나무」

대양실업 점심시간에는 일주일에 한두 번 권투시합이 열렸습니다. 시합장은 재단실 옆 창고였습니다. 선임들은 점심을 먹은 소년공 시다들을 불러다놓고 권투시합을 시켰습니다. 소년공 이재명은 글러브를 낀 주먹을 맞으면 맨주먹보다 훨씬 더 충격이 컸습니다. 공장 선임들은 시다들의 권투시합을 지켜보면서 브라보콘 내기를 걸었습니다. 시합을 해야 하는 소년공들도 돈을 내야 했습니다.

대양실업에서뿐만 아니라 오리엔트 공장에서도 이재명은 선배들에게 구타를 당해야 했습니다. 공장 선배에게 맞아서 갈비뼈에 금이 간 적도 있습니다. 당시 이재명은 낮에는 공장을, 밤에는 대입학원을 다니고 있었습니다. 이재명의 말을 듣고서 둘째 형인 이재영은 오리엔트 공장에 찾아가 "내 동생을 때린 놈을 가만두지 않겠다."고 소리를 질렀습니다. 형 덕분에 이재명은 자신을 때린 선배로부터 사과와 치료비를 받을 수 있었습니다.

'대양실업 특설링'이라고 불린 곳에서 동료 소년공들과 싸워야 했던 이재명은 야만적인 권투시합을 시키는 선배들보다 이를 묵인하는 공장장이나 사장이 더 미웠습니다. 권투시합은 공장장이나 사장이 작정한다면 얼마든지 없앨 수 있었기 때문입니다.

하루는 몇몇 소년공들이 기합을 받는 것과 권투시합을 없애달라고 소원 수리를 했습니다. 그 이튿날 공장 관리자는 조회에서 "반장과 고참들은 이유 없이 소년공들을 때리지 말고 동생처럼 돌봐주고, 소년공들은 제 할 일을 잘 하면서 상급자들을 형처럼 따르라."고 점잖게 말했습니다. 이날 이후부터 이유 없는 폭행은 사라졌습니다. 대신 반장과 상급자들은 작업 불량, 복장 불량, 청소 불량 등 이유를 들어서 폭행했습니다. 이런 일들을 겪은 뒤 이재명은 깨달았습니다. 사장과 공장장이 폭력적인 질서에 의해 공장이 운영되길 바란다는 것을 대양실업 소년공들의 신세는 태풍을 맞은 회화나무와 다르지 않습니다. 소년공들에게 태풍은 자신들을 수시로 때리는 반장이나 상급자들이 아니라 공장장이나 사장이었습니다. 이재명은 어릴 적부터 폭력적인 질서로 운영되는 공장에서 불의不義의 '바람을 넘어뜨리고 싶어 온몸을 흔들다 어느새 치고 피하는 빈틈의 박자를 몸에 새기고' 말았습니다.

당신들은 우리를 전혀 모른다
쓰레기 치고 받은 돈으로
눈 오는 날은 소주 한잔 걸치고
적금 들어 3년 뒤
리어카 한 대 사서
엿장수나 고물장수 차리는 줄 알지만
천만의 말씀이다
오래된 잡지나 헌 신문지
버리는 빈 병이나 쇠토막까지도
몇 푼의 강냉이로 바꿔 가고
저승의 골목길 지키고 서서
송장의 금니빨 노리는
그들과 우리는 전혀 다르다
세상의 모든 욕망 끝나버린 곳
돈이 죽어버린 쓰레기터에서
우리는 연탄재를 흙으로 돌려보낸다
주인 없는 신발짝과 피 묻은 넝마
썩은 생선 가시와 찢어진 비닐 조각들
모두가 정답게 함께 어울려

바람에 흩날리고 비에 젖으며

고향으로 떠나가는 쓰레기터

이승의 마지막 벼랑에서

역겨운 땅 위의 냄새 모닥불로 태우는

우리는 그들과 전혀 다르다

엿장수나 고물장수 가위 소리에

한가한 봄날의 권태를 듣고

되도록 쓰레기터를 멀리 피하여

은행으로 가는

교회로 가는

당신들은 우리를 전혀 모른다

- 김광규 「쓰레기 치는 사람들」

소년 이재명은 어느 날 새벽 아버지를 따라서 쓰레기를 치우러 나갔다가 동네에서 알고 지내던 여학생과 마주쳤습니다. 새벽녘 가로등 불빛 아래에서 교복 입은 모습이 꽤 잘 어울렸습니다. 작업복 차림으로 폐지를 들고 있던 소년 이재명은 자신의 모습이 너무 초라하게 느껴졌습니다. 하여 소년 이재명은 아무 말도 하지 못하고 소녀의 뒷모습만 물끄러미 바라보아야 했습니다.

교복을 입은 소녀와 작업복을 입은 소년. 되도록 쓰레기터를 멀리 피하여 가는 소녀는 폐지를 줍는 소년의 삶을 전혀 모를 것입니다. 소년 이재명은 새벽녘 가로등 불빛이 교복 입은 소녀만 비추고 작업복 입은 자신은 비추지 않길 바랐는지도 모르겠습니다.

비온 뒤
달팽이가 기어간다. 제 뼈로 지은
리어카를 끌고, 그 꿈의
옆구리에 제 몸 바퀴해 달고.

그의 두 다리가 촉각처럼 날름일 때
아득히 길이 보였다.
시멘트 바닥에도 닳지 않을 가죽구두를
낙타처럼 타고 가는 아이도 보였다.
집이며 무덤이 될 리어카 위에서 자라나
지금은 제화공 시다가 된 아이.

수몰의 땅 떠나온 후
아이에게 걸밥을 먹이지 않으려고 혼신으로
길 때마다 둥글게 닳아간 몸,
지금은 고무풍선처럼 얇아진 바퀴
굴러다니느라 여직 뿌리를 내리지 못했지만
- 가죽구두를 만들어 신었을까, 아이는……

세운상가 쓰레기 하치장에 놓인 리어카 위에는

비가 내린다. 넝마에 덮인

그의 잠 속으로 오늘 밤도

검은 수몰의 비가 내린다.

달팽이가 기어간다. 제 뼈로 지은

리어카를 끌고, 그 꿈의

옆구리에 제 몸 바퀴해 달고

비가

검은 아스팔트의 강을 흘러간 아침.

– 김신용 「달팽이 꿈」

대입 검정고시에 합격한 뒤 이재명은 매일 새벽 아버지를 따라 다니면서 쓰레기 담긴 리어카를 밀었습니다. 이재명은 공장에 다니는 소년은 많아도 쓰레기를 치우는 소년은 자신밖에 없는 것 같았습니다.

하루는 아버지가 이재명에게 고물상에 가서 깡통들을 팔아 오라고 했습니다. 이재명은 동생 이재문과 함께 깡통 30개를 리어카에 싣고 고물상으로 향했습니다. 고물상 주인은 깡통 한 개당 30원씩 주겠다고 말했습니다. 이재명은 고물상 주인이 아버지에게는 깡통 한 개당 50원씩 준다는 것을 잘 알고 있었습니다. 이재명은 처음에는 집에 가서 아버지를 모셔 오려고 생각했습니다. 하지만 생각 끝에 이재명은 600원을 손해보고 900원만 받아서 집으로 돌아갔습니다. 그래야만 아버지가 다시는 자신과 동생에게 깡통 파는 일을 시키지 않을 것 같았습니다. 이재명이 900원을 건네자 아버지가 물었습니다.

"1500원을 받아 와야 하는데, 왜 900원을 받아 왔느냐?"

"아버지가 주는 대로 받아 오라고 하셨잖아요?"

그 일이 있은 뒤 아버지는 이재명의 짐작대로 고물을 팔러 보내지 않았습니다. 대신 새벽마다 이재명을 깨워서 리어카를 밀게 했습니다. 깨우는 시간도 대중없었습니다.

이재명은 용기를 내서 아버지에게 책값과 학원비를 달라고 했고, 아버지는 책값과 학원비를 건네면서 조건을 달았습니다. 조건은 다시 공장에 취업하라는 것이었습니다.

이재명은 오리엔트 시계공장에 다시 들어간 뒤 낮에는 일을 하고 밤에는 공부를 하기 시작했습니다.

당시 이재명에게 쓰레기 실은 리어카를 미는 일은 대입이라는 꿈을 실현할 수 있는 유일한 길이었습니다. 그런 까닭에 이재명은 리어카가 자신의 수치심을 뼈대로 해서 만든 것 같기도 했고, 자신의 꿈을 바퀴살에 실은 것 같기도 했습니다.

술병은 잔에다
자기를 계속 따라주면서
속을 비워간다

빈 병은 아무렇게나 버려져
길거리나
쓰레기장에서 굴러다닌다

바람이 세게 불던 밤 나는
문 밖에서
아버지가 흐느끼는 소리를 들었다

나가 보니
마루 끝에 쪼그려 앉은
빈 소주병이었다.

- 공광규 「소주병」

오리엔트 공장에 다시 입사한 뒤에도 이재명은 토요일 밤마다 아버지를 따라서 시장의 쓰레기를 치우러 나갔습니다. 어느 토요일 저녁, TV과외를 마치고 이재명은 아버지를 도우러 시장에 갔다가 경비원과 말다툼을 벌였습니다. 평소에도 경비원은 야간 근무시간에 술을 마시고 취해서 아버지만 보면 하대했습니다. 아버지는 아들이 보는 앞에서 모욕을 당하면서도 애써 못 들은 척했습니다. 아버지에게 행패를 부리는 경비원을 보려니 이재명은 화가 머리끝까지 치밀었습니다.

"왜 근무 시간에 술을 마시고 행패를 부립니까?"

이재명이 경비원에게 따지자 외려 아버지가 이재명을 만류했습니다.

아들이 지켜보는 앞에서 경비원에게 모욕을 당하고도 아무 말도 못하는 아버지의 모습은 좀처럼 잊히지 않았습니다.

두 아이의 가장이 된 뒤에야 이재명은 '바람이 세게 불던 밤, 문 밖에서 아버지가 흐느끼는' 소리를 들을 수 있었습니다. 그 소리는 마루 끝에 쪼그려 앉은 빈 소주병의 소리였습니다.

누나의 얼굴은
해바라기 얼굴
해가 금방 뜨자
일터에 간다.

해바라기 얼굴은
누나의 얼굴
얼굴이 숙어들어
집으로 온다.

- 윤동주 「해바라기 얼굴」

이재명은 한국 사회에서 여성의 삶이 얼마나 고달픈지 자신의 어머니와 누이들의 삶을 보면서 깨달았습니다. 가난한 집 여성일수록 교육을 제대로 받지 못하고, 척박한 일터로 내몰리며, 더 많은 차별을 받는다는 것을 알았던 것입니다.

이재명의 어머니와 여동생은 성남시 상대원시장 화장실을 지키면서 돈을 받았습니다. 당시 상대원시장 화장실 이용료는 소변 10원, 대변 20원이었습니다. 사춘기 여동생인 이재옥은 소녀의 손으로 오줌 값을 받고 화장지를 줘야 했습니다. 그렇게 이재명의 집 여인네들은 가난 때문에 고된 노동은 물론이고 욕스러운 일까지 할 수밖에 없었습니다.

누이야

가을산 그리매에 빠진 눈썹 두어 낱을

지금도 살아서 보는가

정정淨淨한 눈물 돌로 눌러 죽이고

그 눈물 끝을 따라가면

즈믄밤의 강江이 일어서던 것을

그 강물 깊이깊이 가라앉은 고뇌苦惱의 말씀들

돌로 살아서 반짝여 오던 것을

더러는 물속에서 튀는 물고기같이

살아오던 것을

그리고 산다화山茶花 한 가지 꺾어 스스럼없이

건네이던 것을

누이야 지금도 살아서 보는가
가을산 그리매에 빠져 떠돌던, 그 눈썹 두어 낱
을 기러기가
강물에 부리고 가는 것을
내 한 잔盞은 마시고 한 잔盞은 비워 두고
더러는 잎새에 살아서 튀는 물방울같이
그렇게 만나는 것을

누이야 아는가
가을산 그리매에 빠져 떠돌던
눈썹 두어 낱이
지금 이 못물 속에 비쳐 옴을

– 송수권 「산문山門에 기대어」

이재명의 여동생 이재옥은 중학교를 졸업한 뒤 공장에 들어갔습니다. 아버지가 버스 안내양을 할 것을 권유했으나, 이재옥은 "안내양은 죽어도 싫다."고 말했습니다. 버스에서 교복 입은 친구를 마주치기 싫었던 것입니다. 그녀는 오빠가 성남시장으로 재직할 당시 뇌출혈로 쓰러져 사망했습니다. "오빠에게 피해를 끼치기 싫다."며 세상 떠나는 날까지 청소 노동자로 일했습니다.

여동생을 마지막으로 떠나보내던 날, 이재명은 태어나서 가장 많이 울었습니다. 이재명의 아내 김혜경은 "시누이가 착하게 살았으니 하느님이 아주 좋은 자리를 마련해뒀을 거야."라고 위로했습니다. 그렇게 말하는 김혜경도 두 눈이 퉁퉁 부어 있었습니다.

〈아사녀〉

달이 뜨거든 제 얼굴 보셔요

꽃이 피거든 제 입술을 느끼셔요

바람 불거든 제 속삭임 들으셔요

냇물 맑거든 제 눈물 만지셔요

높은 산 울창커든 제 앞가슴 생각하셔요.

〈아사달〉

당신은 귀여운 나의 꽃송이

당신은 드높은 내 영원의 꿈

울다 돌아간 가여운 내 마음

당신은 내 예술 만발케 사랑 준 영감의 근원.

〈이중창〉

우리들은 헤어진 게 아녜요
우리들은 나뉘인 게 아녜요
우리들은 딴 세상 본 게 아녜요
우리들은 한 우주 한 천지 한 바람 속에서
같은 시간 먹으며 영원을 살아요
잠시 눈 깜박 사이 모습은 다르지만
나중은 같은 공간을 살아요
꼭 같은 노래 부르며
한 가지 허무 속에 영원을 살아요.

– 신동엽 「달이 뜨거든 : 아사달·아사녀의 노래」

이재옥이 혼인을 하겠다고 집에 데리고 온 남자는 전라도 출신이었습니다. 일부 가족이 전라도 출신이라는 이유만으로 반대했습니다. 이재명은 "무엇보다 동생이 사랑하는 사람이고, 어릴 때부터 워낙 고생을 많이 해서 얼굴까지 비틀어진 처녀와 함께 살겠다는 것만으로도 훌륭한 사람인데 어떻게 고향이 전라도라는 게 죄가 될 수 있느냐."고 따졌습니다. 이재옥은 공장에서 학출들과 교류하면서 지역감정 따위는 일찌감치 뛰어넘은 여성이었습니다.

사랑에는 국경이 없습니다. 연인은 '한 우주, 한 천지, 한 바람 속에서 같은 시간 먹으며 영원을' 살기 때문입니다. 그런데 하물며 영남과 호남의 구분 따위야 있겠습니까?

아무리 어두운 세상을 만나 억눌려 산다 해도
쓸모없을 때는 버림을 받을지라도
나 또한 긴 역사의 궤도를 비친
한 토막 침목인 것을, 연대인 것을

영원한 고향으로 끝내 남아 있어야 할
태백산 기슭에서 썩어가는 그루터기여
사는 날 지축이 흔들리는 진동도 있는 것을

보아라, 살기 위하여 다만 살기 위하여
얼마만큼 진실했던 뼈들이 부러졌는가를
얼마나 많은 사람들이 파묻혀 사는가를

비록 그게 군림에 의한 노역일지라도
자칫 붕괴할 것만 같은 내려앉은 이 지반을
끝끝내 받쳐온 이 있어
하늘이 있는 것을, 역사가 있는 것을.

- 조오현 스님 「침목枕木 : 1980년 방문榜文」

이재명은 기념사진 찍는 것을 몹시 싫어합니다. 기념사진을 찍으며 취하는 멋진 자세는 차렷을 하는 반듯한 모습인데, 이재명의 팔은 차렷이 되지 않기 때문입니다. 굽은 팔 때문에 이재명은 아무리 더워도 반팔 옷 대신 긴팔 옷을 입었습니다.

어느 해 여름날, 이재명은 거울 앞에서 말했습니다.

"차렷이 안 되는 몸뚱이를 자랑으로 삼는 날까지는 부끄러움을 부끄러워하지 말자."

그러자 거울 속의 자신이 울면서 대답했습니다.

"그래, 굽은 팔로 살아."

그날 오후 이재명은 처음으로 반팔 옷을 입고 거리로 나갔습니다.

우리나라는 단기간에 산업화와 민주화를 이뤘습니다. 산업화 과정에서는 수많은 노동자가 산업 재해로 인해 신체가 잘려 나가고 뼈가 부러지고 심지어 숨을 거두기도 했습니다.

노동자들이야말로 대한민국 역사의 침목枕木인 것입니다.

나는 내가 부족한 나무라는 걸 안다
내딴에는 곧게 자란다 생각했지만
어떤 가지는 구부러졌고
어떤 줄기는 비비 꼬여 있는 걸 안다
그래서 대들보로 쓰일 수도 없고
좋은 재목이 될 수 없다는 걸 안다
다만 보잘것없는 꽃이 피어도
그 꽃 보며 기뻐하는 사람 있으면 나도 기쁘고
내 그늘에 날개 쉬러 오는 새 한 마리 있으면
편안한 자리를 내주는 것만으로도 족하다
내게 너무 많은 걸 요구하는 사람에게
그들의 요구를 다 채워줄 수 없어
기대에 못 미치는 나무라고
돌아서서 비웃는 소리 들려도 조용히 웃는다
이 숲의 다른 나무들에 비해 볼품이 없는 나무라는 걸
내가 오래 전부터 알고 있기 때문이다

하늘 한가운데를 두 팔로 헤치며
우렁차게 가지를 뻗는 나무들과 다른 게 있다면
내가 본래 부족한 나무라는 걸 안다는 것뿐이다
그러나 누군가 내 몸의 가지 하나라도
필요로 하는 이 있으면 기꺼이 팔 한짝을
잘라 줄 마음 자세는 언제나 가지고 산다
부족한 내게 그것도 기쁨이겠기 때문이다

- 도종환 「가죽나무」

소년공 이재명은 휴일에 글러브를 들고서 대원국민학교로 가서 운동장에 있던 사람들과 함께 야구를 하면서 놀았습니다. 소년공 이재명이 틈이 날 때마다 야구를 했던 이유는 팔을 고쳐보기 위해서였습니다. 하지만 야구를 하는 동안에도 소년공 이재명은 '그게 될까?' 하는 회의감이 들었습니다.

이재명은 산업 재해로 팔이 굽었습니다. 하지만 역설적이게도 그 굽은 팔로 인해 이재명은 올곧게 살 수 있었습니다. 굽은 세상을 바르게 펴야겠다는 꿈을 가졌기 때문입니다. '어떤 가지는 구부러졌고, 어떤 줄기는 비비 꼬여 있는 걸' 알고, '다른 나무들에 비해 볼품이 없는 나무라는 걸' 아는 가죽나무처럼 이재명도 자신의 부족함을 알기에 다른 부족한 사람들의 슬픔도 제대로 볼 수 있었던 것입니다.

결과적으로 굽은 팔은 이재명이 소년공 생활의 마침표를 찍게 했습니다. 그리고 인권 변호사의 길을 걷게 했습니다. 이재명은 세상이 또 다른 굽은 팔을 만들지 않도록 하고 싶었습니다. 굽은 세상을 곧게 펴고 싶었던 것입니다.

밤 깊어 집으로 돌아가는 길섶에는 저 높은 하늘의 작은 별들 동무 삼아주려는지, 지상으로 내려왔는지, 연록빛, 참곱기도 고운 빛 뿌리며 밤길 훤히 밝혀줍니다. 반딧불 말이어요. 여기는 가시덤불이고요. 여기는 허방이에요. 낮은 어깨 위로 날아오르며 힘내요. 힘내요. 혼자가 아니에요.

지난겨울 별똥별들 무척이나 떨어져 내렸었는데……

- 박남준 「지친 어깨 위에 작은 별」

이재명은 오리엔트 시계공장에서 덕근과 나눈 우정을 잊을 수 없습니다. 회사가 일방적으로 덕근의 급여를 유급에서 무급으로 전환해 통보하는 것을 보고서 소년공 이재명은 목걸이 공장에서 세 달치 월급을 떼였던 옛일이 떠올랐습니다. 그래서 소년공 이재명은 매일 한 장씩 나오는 식권을 덕근에게 주기도 했습니다. 공장 옥상에서 서로의 겉옷에 페인트를 칠해가면서 놀았던 두 소년공. 아마도 두 소년공은 톱니바퀴처럼 돌아가는 공장의 노역에 얽매여 있던 청춘의 힘겨움을 그렇게라도 해소하고 싶었을 것입니다.

짓궂은 장난을 치고도 빵 한 조각을 나눠 먹으면서 웃었던 두 소년공. 아쉽게도 소년공 이재명은 덕근과의 우정을 오래 나누지 못했습니다. 이재명은 대입 고시를 보기 위해 공장을 그만두었고, 덕근이도 다시 학교를 다녔기 때문입니다.

친구는 인생이라는 밤길을 훤히 밝혀주는 반딧불 같은 존재입니다. 힘내요, 힘내요, 혼자가 아니에요, 라고 일러주는 길동무인 것입니다.

요즘 술집 찻집 어딜 가든 이 이름이 많다
사람이 얼마나 그리운 시대인가를
80년대 운동을 통해 체득한 이들이 붙인 이름이다
결국 남는 것은 사람이다
내게도 좋은 사람들이 있다
그 때문에 내 삶이 아직 헛되지 않다고
시집 후기 어디에 적어놓기도 했지만
멀리 붉은 구름 내걸린 가야산 아래
고향으로 아예 보따리 싸서 들어올 때도
나를 놓아주지 않던 사람들도 그들이었다
개발독재의 총검이 빛을 뿜던 시절이나
자본이 뱃속이 아니라 꿈속까지
다 차지해버린 이 황량한 시절에도
그들과 함께 있다는 것만이 희망이었다
혹은 인간과 아름다움에 대한
포기할 수 없는 희망이기도 했다

그들은 눈 덮인 계곡 바위처럼 웅숭깊고

그 아래 물이 되어 흐르면서 깊어가는

참 따뜻한 사람들이었다

내 형제들이었다

- 배창환 『좋은 사람들』

소년공 이재명에게는 심정운이라는 단짝 친구가 있었습니다. 심정운은 오리엔트 공장 시절에 사귄 친구입니다. 이재명은 심정운과 함께 학원을 다니고, 검정고시를 보았고, 같은 대학에 입학했습니다.

이재명이 심정운과 마음이 통할 수밖에 없었던 이유는 공부를 해서 대학에 진학하겠다는 같은 꿈을 가졌기 때문입니다. 같은 곳을 바라봤기 때문에 두 소년공은 많은 이야기를 나누었고, 서로에게 절실한 존재가 되었습니다.

지금도 이재명은 소년공 친구들과 지내 시절을 떠올리면 자신도 모르게 코가 시큰해집니다. 어린 나이에 짊어지기에는 너무나 삶의 무게가 무거웠기 때문입니다.

이재명은 낮에는 공장을 다니고 밤에는 검정고시 학원을 다녀야 했습니다. 어린 나이에 짊어진 삶의 무게가 너무 무거웠음에도 이재명은 심정운이라는 친구가 있었기에 대학 진학의 꿈을 실현해나갈 수 있었습니다.

심정운과의 우정을 통해 이재명은 '결국 남는 것은 사람이다. 내게도 좋은 사람들이 있다. 그 때문에 내 삶이 아직 헛되지 않다.'는 깨달았습니다.

'눈 덮인 계곡 바위처럼 웅숭깊고, 그 아래 물이 되어 흐르면서 깊어가는 참 따듯한 사람들'이 있어서 삶은 그래도 살만한 것인지도 모르겠습니다.

풀이 눕는다
비를 몰아오는 동풍에 나부껴
풀은 눕고
드디어 울었다
날이 흐려서 더 울다가
다시 누웠다

풀이 눕는다
바람보다도 더 빨리 눕는다
바람보다도 더 빨리 울고
바람보다 먼저 일어난다

날이 흐리고 풀이 눕는다

발목까지

발밑까지 눕는다

바람보다 늦게 누워도

바람보다 먼저 일어나고

바람보다 늦게 울어도

바람보다 먼저 웃는다

날이 흐리고 풀뿌리가 눕는다

– 김수영 「풀」

1980년 7월 4일 이재명의 일기장 내용은 아래와 같습니다.

정말 사는 것이 이런 것인가 하는 허무한 생각만 든다. 삶에 있어서 즐거움이 없으면 살 가치가 없다. 죽음! 이것만이 내가 찬미할 수 있는 단어다. 팔은 아픈데 누구도 나를 이해하지 못하고 있다. 현재의 내 상태를 의논할, 아니 털어놓을 사람도 없다. 고독하다. 외롭다. 그래서 친구를 그리게 되는 건지도 모르겠다. 지옥, 어떤 곳인지 모르지만 이곳보다는 나을 것이다.

어떻게 해야 할지 정말 모르겠다. 정말로 아버지는 조금도 이해 못 하고 있을까? 조금 더 나를 이해해줬으면 얼마나 좋을까? 미치겠다. 머리를 깨고 죽어버릴까? 오늘 낮에는 주먹으로 벽을 때려서 주먹의 뼈에 이상이 생겼는지 손이 매우 아프다.

기댈 데가 없는 소년공 이재명에게는 죽음만이 찬미할 수 있는 유일한 단어입니다. 지옥이 어떤 곳이지 모르지만 자신의 삶보다는 나을 것이라고 생각한 소년공 이재명은 자살 기도를 합니다. 두 차례나 연탄을 피우고 수면제를 다량 복용했지만 소년공 이재명은 죽지 않았습니다. 약사가 수면제 대신 소화제를 줬던 것입니다.

이재명은 '발목까지, 발밑까지' 누워봤기에 '바람보다 늦게 누워도 바람보다 먼저 일어나고, 바람보다 늦게 울어도 바람보다 먼저' 웃을 수 있습니다.

새끼오리도 헌신짝도 소똥도 갓신창도 개니빠디도 너울쪽도 짚검불도 가락닢도 머리카락도 헝겊조각도 막대꼬치도 기왓장도 닭의 짗도 개터럭도 타는 모닥불

재당도 초시도 문장門長 늙은이도 더부살이 아이도 새사위도 갓사둔도 나그네도 주인도 할아버지도 손자도 붓장사도 땜쟁이도 큰 개도 강아지도 모두 모닥불을 쪼인다

모닥불은 어려서 우리 할아버지가 어미 아비 없는 서러운 아이로 불상하니도 몽둥발이가 된 슬픈 력사가 있다

– 백석 「모닥불」

가슴 시리게 살아온 이재명에게도 모닥불처럼 따듯한 인연이 있었습니다.

산골 소년 이재명은 어머니가 안동의 병원에 입원했을 때 수술비 35만원을 빌려준 삼촌이 고마웠습니다. 그때 삼촌이 수술비를 빌려주시지 않았다면 어머니는 돌아가셨을 테니까요.

산골 소년 이재명은 수학여행을 데려갈 수 있도록 도와주신 5학년 담임 선생님과 교장 선생님이 고마웠습니다. 5학년 담임 선생님은 2시간 산길을 걸어서 이재명이 사는 집을 찾아왔습니다.

"모두 가는 수학여행인데 재명이가 빠지면 되겠습니까? 보내겠다고 동의만 하면 수학여행비는 어떻게든지 해결해보겠습니다."

담임 선생님의 설득에 이재명의 어머니는 수학여행 참가신청서에 ○표를 해주었습니다. 산골 소년 이재명은 산모퉁이까지 담임 선생님을 바래다주면서 고개를 들지 못했습니다.

이튿날 교장 선생님은 수학여행을 갈 수 없는 형편의 학생들을 부른 뒤 학교에 딸린 밭의 돌을 골라내게 했습니다. 학생들이 일을 마치자 밭에 키운 보리를 베게 했습니다. 교장 선생님은 아이들에게 매일 일당 200원을 건넸습니다. 산골 소년 이재명은 그 일당을 모아서 수학여행을 다녀올 수 있었습니다.

소년공 이재명은 김창구 학원 원장이 고마웠습니다. 김창구 원장은 돈 없는 여러 학생들에게 공부를 할 수 있도록 배려해주었습니다. 김창구 원장은 소년공 이재명에게 영어와 수학 공부를 가르쳐주었고, 무엇보다도 삶이란 사랑이란 걸 일깨워주었습니다.

이런 고마운 인연들이 있었기에 이재명은 세상의 모든 쓸모없는 것들을 태워서 모닥불이 만들어지고, 그 모닥불을 낮은 곳의 사람들이 둘러앉아 쬔다는 것을, 나아가서는 사람은 서로에게 따듯한 온기를 줄 수 있는 모닥불 같은 존재임을 깨달을 수 있었습니다.

나는 어려서 우리들이 하는 말이
별이 되는 꿈을 꾼 일이 있다.
들판에서 교실에서 장터거리에서
벌 떼처럼 잉잉대는 우리들의 말이
하늘로 올라가 별이 되는 꿈을.
머리 위로 쏟아져 내릴 것 같은
찬란한 별들을 보면서 생각한다,
어릴 때의 그 꿈이 얼마나 허황했던가고.
아무렇게나 배앝는 저 지도자의 말들이
쓰레기 같은 말들이 휴지조각 같은 말들이
욕심과 거짓으로 얼룩진 말들이
어떻게 아름다운 별들이 되겠는가.
하지만 다시 생각한다, 역시
그 꿈은 옳았다고.
착한 사람들이 약한 사람들이
망설이고 겁먹고 비틀대면서 내놓는 말들이
자신과의 피나는 싸움 속에서
괴로움 속에서 고통 속에서 내놓는 말들이
어찌 아름다운 별들이 안 되겠는가.

아무래도 오늘밤에는 꿈을 꿀 것 같다,

내 귀에 가슴에 마음속에

아름다운 별이 된

차고 단단한 말들만을 가득 주워 담는 꿈을.

- 신경림 「말과 별 : 소백산에서」

사법연수원에서 이재명은 한 인권 변호사의 특강을 들었습니다. "변호사는 밥은 안 굶는다."는 인권 변호사의 말이 이재명의 귓바퀴에 파고들었습니다. 그 인권 변호사는 다름 아닌 노무현이었습니다. 노무현 변호사의 특강을 듣고서 이재명은 판사나 검사를 마다하고 법률구조공단에 취직했습니다. 변호사 사무실 개업 자금을 벌기 위해서였습니다. 성남의 노동자들 곁으로 가지 못하는 이재명을 안타깝게 여기는 사람들이 있었습니다.

전태일 평전을 눈물을 쏟으며 읽었던 터라 이재명은 전태일 평전을 쓴 조영래 변호사를 무한히 존경했습니다. 그런 까닭에 이재명은 연수원 변호사 시보도 조영래 변호사 사무실로 나갔던 것입니다. 이재명은 조영래 변호사가 맡은 망원동 수재민 집단 소송을 보조하기도 했습니다. 이런 인연으로 조영래 변호사는 이재명에게 변호사 사무실을 여는 데 쓰라며 500만 원을 빌려주었습니다. 판사나 검사 임용을 포기한 25세 변호사의 무모한 용기를 가상하게 여긴 조영래 변호사의 배려였던 것입니다. 그리고 얼마 뒤 성일학원 김창구 원장이 이재명을 부르더니 변호사 사무실을 여는 데 쓰라며 500만 원을 빌려주었습니다. 김창구 원장은 소년공 이재명이 법대에 입학할 수 있도록 인도해준 진정한 스승이었습니다. 김창구 원장, 조영래 변호사 두 스승의 도움으로 이재명은 비로소 변호사가 될 수 있었습니다.

김창구 원장과 조영래 변호사는 이재명에게 세상은 사랑할 때만 가슴으로 빛을 뿜어낼 수 있다는 것을 일깨워줬습니다. 괴로움 속에서, 고통 속에서 내놓는 말들이 아름다운 별들이 될 수 있음을.

여울에 앉아

낚싯대를 잡고 있다

물살에 떠다닌 내 생애가

찌에 얹혀 있다

우수수 옥수수 머리를 밟으며

푸른 바람이 자꾸 지나간다

손으로 전해오는

나를 끌고 가는 시간의 묵직함

좀 더 기다려야 하리라

나는 이 밤을 바쳤지만

메기는 일생을 걸고 있다

– 전윤호 「메기 낚시 : 흐름에 대하여」

이재명은 낚시를 좋아합니다. 고향의 개울에서 목욕도 하고 물고기도 잡던 기억을 잊지 못하기 때문입니다. 성남으로 이사를 온 뒤에도 소년공 이재명은 맑은 물이 흐르는 곳을 찾아 다녔습니다. 길에서 방울낚시를 주운 뒤 소년공 이재명은 저수지에 가서 낚싯대를 드리웠습니다. 바늘에 제대로 된 미끼를 끼우지 않았으니 무는 물고기도 없었습니다.

대학교 1학년생 이재명은 여름방학을 맞아 강원도로 여행을 떠나면서 제대로 된 낚싯대를 장만했습니다. 인제로 가는 광치고개를 넘은 뒤에야 이재명은 낚싯대를 드리울 수 있었습니다. 메뚜기를 미끼로 바늘에 끼우자 잇따라서 물고기 세 마리를 낚을 수 있었습니다.

어릴 때부터 이재명이 그토록 낚시를 좋아한 이유가 무엇일까요? 어쩌면 이재명이 낚고자 한 것은 자신의 운명인지도 모르겠습니다.

역사의 혁신이라는 대어를 낚고 싶었는지도…….

7월의 과수원은 일렁이는 바다이다
중심을 알 수 없는 구름이 그 위를 떠간다
햇살을 받고
일정한 비율로 과육을 성장시키는
푸른빛은 정당한 것인가?
사과의 팽팽한 탄력을 보며 윤리를 느낀다
비애를 숨긴다
인생을 모르니 사랑도 알 수 없다
하지만
성장은 현자들만의 것은 분명 아니다

- 김용락 「법」

소년공 시절에 수많은 사회 부조리를 겪어서일까요? 법대에 입학한 뒤부터 이재명의 소명은 인권 변호사가 되어 약한 사람들을 돕는 것이었습니다.

이재명은 고향 안동에서 검사 시보를 하면서 엘리트 권력에 대한 깊은 성찰을 했습니다. 내가 과연 그런 판단을 내릴 자격이 있는가, 하는 회의였습니다. 그래서 이재명은 판사나 검사가 아닌 변호사의 길을 택했습니다. 법은 현자들만의 것이 아니고, 만인에게 평등한 것이니까요.

나가 자전거 끌고잉 출근허고 있었시야

근디 갑재기 어떤 놈이 떡 하니 뒤에 올라 타블더라고. 난 뉘요 혔더니, 고 어린놈이 같이 좀 갑시다 허잖어. 가잔께 갔재. 가다 본께 누가 뒤에서 자꾸 부르는 거 같어. 그랴서 멈췄재. 근디 내 뒤에 고놈이 갑시다 갑시다 그라데. 아까부텀 머리에 피도 안 마른 놈이 어른한티 말을 놓는 거이 우째 생겨 먹은 놈인가 볼라고 뒤엘 봤시야. 근디 눈물 반 콧물 반 된 고놈 얼굴보담도 저짝에 총구녕이 먼저 뵈데.

총구녕이 점점 가까이 와. 아따 지금 생각혀도…… 그땐 참말 오줌 지릴 뻔 했시야. 그때 나가 떤 건지 나 옷자락 붙든 고놈이 떤 건지 암튼 겁나 떨려불데. 고놈이 목이 다 쇠갔고 갑시다 갑시다 그라는데잉 발이 안 떨어져브냐. 총구녕이 날 쿡 찔러. 무슨 관계요? 하는디 말이 안 나와. 근디 내 뒤에 고놈이 얼굴이 허어애 갔고서는 우리 사촌 형님이오 허드랑께. 아깐 떨어지도 않던 나 입에서 아니오 요 말이 떡 나오데.

고놈은 총구녕이 델꼬가고, 난 뒤도 안 돌아보고 허벌나게 달렸재. 심장이 쿵쾅쿵쾅 허더라고. 저짝 언덕까정 달려가 그쟈서 뒤를 본께 아까 고놈이 교복을 입고 있데. 어린놈이……

그라고 보내놓고 나가 테레비도 안 보고야, 라디오도 안 틀었시야. 근디 맨 날 매칠이 지나도 누가 자꼬 뒤에서 갑시다 갑시다 해브냐.

아직꺼정 고놈 뒷모습이 그라고 아른거린다잉……

- 정민경 「그날」

소년공 이재명은 5.18민주화항쟁에 대해 텔레비전에서 보도한 내용만 보고서 평가할 수밖에 없었습니다. 신문과 텔레비전이 보도한 대로 광주 시민들을 극렬분자나 폭도로 생각했던 것입니다.

법대 동기생 이영진이 이재명을 전통예술반 동아리방으로 데리고 갔습니다. 그 동아리방에서 이재명은 광주 학살의 현장을 담은 비디오테이프를 봤습니다. 그 영상을 보고서야 이재명은 5.18이 폭동이 아닌 학살임을 알 수 있었습니다.

독재 사회는 한 가지 목소리만 원합니다. 사상의 자유는 인정되지 않고 정부와 다른 목소리를 내면 극렬분자나 폭도로 몰리게 됩니다.

하지만 광주민주화항쟁 당시 광주시민들은 너 나 할 것 없이 군인들의 총부리에 '오줌을 지릴 뻔'했습니다. 텔레비전도 보지 않고 라디오도 듣지 않던 시절이었습니다. 오랜 세월이 흐른 뒤에도 광주 시민들은 지옥 같았던 '그날'의 풍경이 잊히지 않았습니다. 그저, 끌려가는 사람들의 뒷모습만 아른거릴 뿐.

어두운 방 안엔

바알간 숯불이 피고,

외로이 늙으신 할머니가

애처로이 잦아드는 어린 목숨을 지키고 계시었다.

이윽고 눈 속을

아버지가 약藥을 가지고 돌아오시었다.

아, 아버지가 눈을 헤치고 따 오신

그 붉은 산수유 열매—

나는 한 마리 어린 짐승,

젊은 아버지의 서느런 옷자락에

열熱로 상기한 볼을 말없이 부비는 것이었다.

이따금 뒷문을 눈이 치고 있었다.

그날 밤이 어쩌면 성탄제聖誕祭의 밤이었을지도 모른다.

어느새 나도

그때의 아버지만큼 나이를 먹었다.

옛것이란 거의 찾아볼 길 없는

성탄제 가까운 도시에는

이제 반가운 그 옛날의 것이 내리는데,

서러운 서른 살, 나의 이마에

불현듯 아버지의 서느런 옷자락을 느끼는 것은,

눈 속에 따 오신 산수유 붉은 알알이

아직도 내 혈액 속에 녹아 흐르는 까닭일까.

- 김종길 「성탄제聖誕祭」

나이가 든 뒤에야 이재명은 깨닫게 됩니다. 한때는 공무원이었던 아버지가 청소부가 되어 겪어야 했던 고생들은 실로 견딜 수 없었던 일이었음을. 여느 사람이라면 자존심이 상해서 하지 못할 일이었음을. 그래서 언젠가부터 이재명의 가슴에는 아버지에 대한 연민이 싹트기 시작했습니다.

이재명이 사법고시 2차 시험에 낙방했을 때 아버지는 "고향에 내려가서 친구들을 만나고 오라."고 조언해주기도 했습니다.

이재명이 아버지의 위암이 재발했다는 사실을 안 것은 대학 졸업 1개월 뒤였습니다. 하여 이재명은 아버지가 돌아가시기 전에 사법고시에 최종 합격해야겠다고 다짐하였습니다. 이재명이 사법고시 최종 합격자 명단을 보여드리고 1개월 뒤 아버지는 세상을 하직하였습니다.

한 가족을 이끄는 가장이자 두 아이의 아버지가 된 뒤 이재명은 아버지의 빈자리를 깨닫게 되었습니다.

이승의

진달래꽃

한 묶음 꺾어서

저승 앞에 놓았다.

어머님

편안하시죠?

오냐, 오냐,

편안타, 편안타.

- 조태일 「어머니를 찾아서」

이재명의 어머니는 지난해 별세했습니다. 어머니의 별세 소식을 전하면서 이재명은 "제 어머님은 고된 밭일에 약장사까지 하면서 힘겨운 삶의 무게를 견디며 일곱 남매를 키웠습니다. 공장 프레스 사고로 비틀어져버린 제 왼팔을 보고, 마당에 물통을 엎어놓고 공부하던 저를 보고, 말없이 흘리시던 어머니의 눈물이 떠오릅니다. 어머니께 해드린 것이 너무 없는 것 같습니다."라며 눈시울을 붉혔습니다.

-사랑하는 것은

사랑을 받느니보다 행복하나니라

오늘도 나는

에메랄드빛 하늘이 환히 내다뵈는

우체국 창문 앞에 와서 너에게 편지를 쓴다

행길을 향한 문으로 숱한 사람들이

제각기 한 가지씩 생각에 족한 얼굴로 와선

총총히 우표를 사고 전보지를 받고

먼 고향으로 또는 그리운 사람께로

슬프고 즐겁고 다정한 사연들을 보내나니

세상의 고달픈 바람결에 시달리고 나부끼어

더욱더 의지 삼고 피어 헝클어진 인정의 꽃밭에서

너와 나의 애틋한 연분도

한 망울 연연한 진홍빛 양귀비꽃인지도 모른다

-사랑하는 것은

사랑을 받는 것보다 행복하나니라

오늘도 나는 너에게 편지를 쓰나니

-그리운 이여 그러면 안녕

설령 이것이 이 세상 마지막 인사가 될지라도

사랑하였으므로 나는 진정 행복하였네라

- 유치환 「행복」

소년공 이재명은 고향 친구 경숙의 답장을 받자마자 편지를 뜯어봤습니다. 편지를 읽고서 이재명은 편지지를 사서 답장을 썼습니다. 여고 2학년생 경숙의 편지에는 이재명에 대한 격려의 말도 쓰여 있었습니다.

소년공 이재명의 가슴에도 사랑이 싹 텄으니……. 한없이 괴로움 속에 헤매는 소년공은 고향의 여자 친구에게 편지를 보냈습니다. 사랑을 하는 것은 사랑을 받는 것보다 행복하나니…… 편지를 쓰는 내내 소년공의 마음속에서는 눈이 그치고 꽃이 피어나고 낙엽이 떨어지곤 하였습니다.

가난하다고 해서 외로움을 모르겠는가
너와 헤어져 돌아오는
눈 쌓인 골목길에 새파랗게 달빛이 쏟아지는데
가난하다고 해서 두려움이 없겠는가
두 점을 치는 소리
방범대원의 호각 소리 메밀묵 사려 소리에
눈을 뜨면 멀리 육중한 기계 굴러가는 소리
가난하다고 해서 그리움을 버렸겠는가
어머님 보고 싶소 수없이 뇌어보지만
집 뒤 감나무에 까치밥으로 하나 남았을
새빨간 감 바람 소리도 그려보지만
가난하다고 해서 사랑을 모르겠는가
내 볼에 와 닿던 네 입술의 뜨거움
사랑한다고 사랑한다고 속삭이던 네 숨결
돌아서는 내 등 뒤에 터지던 네 울음
가난하다고 해서 왜 모르겠는가
가난하기 때문에 이것들을
이 모든 것들을 버려야 한다는 것을.

– 신경림 「가난한 사랑 노래 : 이웃의 한 젊은이를 위하여」

소년공 이재명의 마음에 사랑의 감정이라는 싹을 틔웠던 여자는 바로 오리엔트 공장의 검사실 그녀였습니다. 검정고시 합격 후 죽어도 들어가기 싫었던 오리엔트 공장에 재입사했던 시절입니다. 편지를 써서 마음을 전해볼까 하다가 주머니 속에만 넣고 다녔습니다. 다른 남자와 웃으며 대화를 나누는 장면을 목격하고서 이재명은 마음에서 그녀를 깨끗이 지워야 했습니다.

소년공이라고 사랑을 모르겠습니까? 가난했기에 더 애틋했던 소년공의 사랑은 연애편지도 전하지 못하고 끝이 났습니다. 선물로 주려고 산 카세트테이프 베토벤의 운명 교향곡처럼.

와병 중인 당신을 두고 어두운 술집에 와 빈 의자처럼 쓸쓸히 술을 마셨네

내가 그대에게 하는 말은 다 건네지 못한 후략의 말

그제는 하얀 앵두꽃이 와 내 곁에서 지고
오늘은 왕버들이 한 이랑 한 이랑의 새잎을 들고 푸르게 공중을 흔들어 보였네

단골 술집에 와 오늘 우연히 시렁에 쌓인 베개들을 올려 보았네
연지처럼 붉은 실로 꼼꼼하게 바느질해놓은 백년百年이라는 글씨

저 백년百年을 함께 베고 살다 간 사랑은 누구였을까
병이 오고, 끙끙 앓고, 붉은 알몸으로 뜨겁게 껴안자던 백년百年

등을 대고 나란히 눕던, 당신의 등을 쓰다듬던 그 백년百年이라는 말

강물처럼 누워 서로서로 흘러가자던 백년百年이라는 말

와병 중인 당신을 두고 어두운 술집에 와 하루를 울었네

- 문태준 「백년」

정치인 이재명은 아내와 많은 이야기들을 나눕니다. 아내가 차려준 밥을 먹으며 밖에서 있었던 일을 이야기하는 것이 이재명에게는 가장 큰 행복입니다. 처음 만난 날 폭풍처럼 쏟아놓았던 이야기를 아내가 귀 기울여 들어주었던 것처럼, 앞으로는 아내의 이야기에 더 많이 귀 기울이고 싶은 것입니다.

부부는 평생을 함께해야 하는 인연입니다. 그래서 서로의 말에 대해 귀 기울어야 합니다. 병이 와서 끙끙 앓을 때도 등을 대고 나란히 눕는 부부는 강물처럼 한 세월 함께 흘러가야 합니다.

"그 피치 못할 사정이란 게 대개 그렇습니다. 가령 식구 중에 누군가가 몹시 아프다든가 빚에 몰려서…… 어렵다고 꼭 외로우란 법은 없어요. 혹 누가 압니까. 당신도 모르는 사이에 당신을 아끼는 어떤 이웃이 당신의 어려움을 덜어 주었을지?"

"개수작 마! 그 따위 이웃은 없다는 걸 난 똑똑히 봤어! 난 이제 아무도 안 믿어!"

문간방 부엌 앞에서 한동안 망연히 있다가 이윽고 그는 대문 쪽을 향해 느릿느릿 걷기 시작했다.

- 윤흥길 『아홉 켤레의 구두로 남은 사내』 중에서

『아홉 켤레의 구두로 남은 사내』는 이재명에게 문학이라기보다는 향토지였습니다. 자신이 성장하고 일하고 공부하던 곳, 광주대단지사건, 즉, 성남 탄생에 관한, 버림받은 이들에 대한 이야기였기 때문입니다.

『아홉 켤레의 구두로 남은 사내』에서 문간방에 세 들어 살던 사내가 아내의 병원비 때문에 주인집에 칼을 들고 들어왔습니다. 어수룩한 행동을 보고서 화자는 강도가 문간방 사내임을 압니다. 아내의 병원비 때문에 강도짓까지 해야 하는 사내의 심정을 알기에 화자는 문간방 아내의 병원비를 이미 지불한 상태였습니다. 이처럼 세상살이가 어렵다고 꼭 어려우리란 법은 없는 것입니다.

비닐봉지가 터졌다
우르르 교문을 빠져나오는 여고생들처럼
여기저기 흩어진 복숭아
사내는 자전거를 세우고
떨어진 것들을 줍는다

길이가 다른 두 다리로
아까부터 사내는
비스듬히 페달을 밟고 있던 중이었다
허리를 굽혀 복숭아를 주울 때마다
울상이던 바지 주름이 잠깐 펴지기도 했다
퇴근길에 가게에 들러
털이 보송보송한 것들만 고르느라
봉지가 새는지도 몰랐던 모양이다

알알이 쏟아져 멍든 복숭아
뱉은 씨처럼 직장에서 팽개쳐질 때
그리하여 몇 달을 거리에서 보낼 때 만난
어딘가에 부딪혀 짓무른 얼굴들
사내는 아스팔트 위에다
그것들을 가지런히 모아두고
한참을 두리번거렸다
얼마 만에 사 들고 가는 과일인데

흠집이 있으면 좀 어떤가
식구들은 둥그렇게 모여
뚝뚝 흐르는 단물까지 빨아 먹을 것이다
사내는 겨우 복숭아들을 싣고
페달을 힘껏 밟는다

자전거 바퀴가 탱탱하다

- 서광일 「복숭아」

이재명의 아버지는 썩은 과일을 자주 주워 왔습니다. 없는 형편이라도 가족들에게 과일을 먹이려는 마음이었을 것입니다. 이재명은 아버지에게 썩은 과일을 받아먹는 것이 즐겁지만은 않았습니다. 물론 아주 먹을 수 없는 정도는 아니었습니다. 상대원시장 과일 가게에서 내다 버린 과일들이었습니다.

성남시의 청년 배당을 받은 한 학생이 3년 만에 처음으로 과일을 사 먹었다는 말을 듣고서 성남시장 이재명은 가슴이 뭉클했습니다. 이 학생이 청년 배당 덕에 온 가족과 함께 명절날 과일을 먹는 모습을 상상하면서 괜스레 눈시울이 붉어졌습니다.

올해 들어 처음으로 수박을 맛보던 날
신문에는 네모난 수박의 기사가 나있다
김광규 시인의 시 수박을 보면
변함없는 여름만 가버린다
네모난 수박이 나올 때까지,
라는 표현이 있는데
실로 전북 고창에서 선을 보였다 하니
우리는 하루가 다른 세상을 살고 있다
모든 시적 표현이 실현되는 세상

삼각뿔 모양의 수박을 들며
아내는 볼멘소리를 한다
달기는 하지만 어디 비싸서 사 먹겠어요
비싸니까 단 것은 아닐까
그러고 보면 변치 않는 법칙이 있다
귀한 것일수록, 소중한 것일수록
그 맛은 감질나고 아쉽다는 것
유난히 짧은 여름밤의 신선한 바람이나
초여름에 사 먹는 수박 맛처럼 말이다

언제고 마지막 한 점은 남을 위해 남겨 두는
아내의 영근 속내처럼
세상에는 오래된 버릇 하나가 있다

빨갛게 잘 익은 알맹이가 있다

- 유응오 「수박」

이재명 가족은 모두 과일을 좋아했다고 합니다. 신선한 제철 과일처럼 맛있는 먹거리도 없을 것입니다. 이재명이 어렸을 때 신선한 과일을 먹기란 특별한 날에나 가능했습니다. 당장 밥 먹고 살기도 어려운 시절이어서 과일을 먹는다는 것은 사치였습니다. 그래서인지 이재명은 제삿날이 좋았습니다. 제삿날이면 서울에서 과일 장사를 하는 삼촌이 제수용 과일을 싸 들고 왔습니다. 삼촌이 가져온 과일은 흠이 하나도 없는 신선한 과일이었습니다.

어디 이재명 가족뿐이겠습니까? 해거름이 질 무렵 한 손에 수박을 들고 가는 가장들은 모두 기쁜 표정입니다. 아무리 수박이 무거워도 집에 가서 아내와 자식들과 함께 수박을 먹을 생각에 발걸음은 가벼워지는 것입니다.

이재명이 꿈꾸는 나라는 여름이면 모든 가족이 모여 수박을 먹고, 겨울이면 모든 가족이 모여 사과를 먹을 수 있는 나라입니다.

자전거를 타고 양재천을 달린다

소요逍遙의 페달을 밟으며

루체른 로이스 강가를 달린다

아이거 북벽이 보이는 그린델발트 언덕을 넘어

몽생미셸 해변을 달린다

바람아, 내 고독의 돛을 힘껏 밀어라

흐르는 물처럼 자전거의 길은

낮게 웅크린 모든 것들을 그윽하게 어루만지며

낮은 데로 낮은 데로 임한다

자전거의 길은 스스로 길이라 말하지 않는다

가로막는 산과 다투며 터널을 뚫지도 않는다

자전거의 길은 언제나 우회한다

에움길의 운명을 담담히 받아들이며

직설이 아닌 다만 은유로 존재한다

스치는 바람의 감촉아, 은유로 이루어진 길 위에서

길을 잃는다는 건 행복하여라

이 길은 시를 운반하는 우체부의 길이다

난 하염없이 그 우체부를 기다릴 것이다

프로방스의 햇살과 별들의 소리를 녹음한 테잎을 든

그가 내 마음속으로 들어올 때까지

- 유하 「일 포스티노 : 자전거의 노래를 들어라 3」

소년공 이재명이 자전거를 좋아한 이유는 한번 끌고 나가면 어디든 차비 걱정 없이 쏘다닐 수 있기 때문입니다. 소년공 이재명은 자전거를 타고 성남 구석구석 가보지 않은 곳이 없습니다. 자전거는 현실의 한계에 묶여 있는 이재명에게 날개를 달아주었습니다. 오르막길은 쉬면서 올라가면 되고, 길이 끊어지면 자전거를 메고 가면 됩니다. 가파른 상대원 고갯길을 자전거를 타고 오르면 다리는 터질 듯하고 숨이 콱콱 막혔지만, 자신이 살아 있다는 사실을 깨닫게 해줬습니다.

소년공 이재명의 마음속으로 자전거가 들어왔습니다. 페달을 힘껏 밟으면서부터 이재명은 낮게 웅크린 모든 사람들을 두루 살필 줄 아는 일 포스티노가 되었던 것입니다.

이 두메는 날라와 더불어
꽃이 되자 하네 꽃이
피어 눈물로 고여 발등에서 갈라지는
녹두꽃이 되자 하네

이 산골은 날라와 더불어
새가 되자 하네 새가
아랫녘 윗녘에서 울어예는
파랑새가 되자 하네

이 들판은 날라와 더불어
불이 되자 하네 불이
타는 들녘 어둠을 사르는
들불이 되자 하네

되자 하네 되고자 하네

다시 한 번 이 고을은

반란이 되자 하네

청송녹죽 가슴으로 꽂히는

죽창이 되자 하네 죽창이

- 김남주 「노래」

이재명이 연수원생 185명의 서명을 받아 '사법부 독립에 관한 우리의 견해'란 성명을 발표한 것은 1988년 7월 1일입니다. 노태우 대통령은 전두환 대통령이 임명했던 김용철 대법원장의 유임을 추진했습니다. 서울민사지방법원 판사 37명이 시작한 항의성명에 전국의 판사 430명이 동참했습니다.

노태우 대통령은 김용철 대법원장의 후임으로 정기승을 지명했습니다. 정기승은 군사 정권의 주구 역할을 한 법조인이었습니다. 이재명은 안기부 직원이 법원에 상주하며 재판에 개입하는 일에 가장 앞장서온 판사가 대법원장이 되는 것을 두고 볼 수 없었습니다. 하여 이재명은 사법연수원 18기 동기들을 서울시 봉천동 여관으로 불러들였습니다. 20여만 원에 달하는 여관비도 이재명이 지불했습니다. 훗날 검찰총장을 지낸 문무일과 최원식이 거사에 동참했습니다. 이재명이 주도한 사법연수원생 185명의 정기승 대법원장 임명 반대 투쟁은 대한민국 헌정 사상 두 번째로 일어난 법조계의 반독재 투쟁이었습니다. 소위 제2차 사법 파동인 것입니다.

내 좌심방과 우심실 사이, 독毒 만드는 공장의 공원들 모두에게는

음독을 하지 않겠다는 각서를 받았고

자신이 하는 일을 발설하지 않겠다는 약조도 받았다

독이 어디로 팔려 나가는지

수출되는지 내수용인지 공원들은 알지 못한다

아주 늦은 밤 검은 개가 짖고 큰 차가 오고

셔터 소리 두 번 들리면 독이 든 상자는 밤이 조금만 더 잠잠해지길 기다린다

공장에는 실험용 흰쥐 수백 마리가 살기도 한다
실험으로 죽은 쥐들의 혀에서 주사기로 감정을 빼내 만들어진 독은 개별 포장되기도 한다
공원들의 하루 목표량은 독 30밀리그램으로
하루 아홉 시간 동안 어둔 창살 안에서 만들어지는 양이라 한다

이 공장에서 만들어지는 독은 독으로서가 아니라
식용으로도 쓰인다는 사실을 공원들도 대표도 모른다
하지만 눈이 사시인 생산직 소년의 귀띔에 따르면
아주 미량의 독은 슬퍼지는 데 쓰이기도 한다고 한다

- 이병률 「독 만드는 공장의 공원들은」

에프코아코리아는 전자 부품을 제조하는 일본 기업이었습니다. 에프코아코리아는 1989년 7월 공장 문을 닫았습니다. 이 회사는 이미 3년간의 생산 물량을 수주해둔 상태였습니다. 노조 활동을 원천봉쇄하기 위해서 위장 폐업한 것입니다. 위장 폐업은 노조간부뿐만 아니라 모든 노동자의 생존권을 위협하는 것이었습니다. 인천에서는 세창물산이, 구로에서는 슈어프로덕츠가, 광주에서는 우리데이타가, 성남에서는 에프코아코리아가 앞다퉈 위장 폐업에 들어갔습니다. 에프코아코리아에서 일하는 200여 명의 노동자가 변호사 이재명을 찾아왔습니다. 머리띠를 두른 폭염의 땡볕에서 시위를 하고 있는 노동자들은 대부분 스무 살 안팎의 여성들이었습니다. 이재명은 성남공단의 봉제공장에서 일하는 여동생이 떠올랐고, 어느 부잣집 아이의 스키 장갑을 만들어야 했던 어릴 적 자신의 모습이 떠올랐습니다. 하여 변호사 이재명은 이 사건을 맡는 동안 곧잘 눈시울을 붉혀야 했습니다.

변호사 이재명이 6개월 동안 매달린 끝에 에프코아코리아 노동자 전원이 복직했고 체불 임금도 받을 수 있었습니다.

노동자의 권리가 보장되지 않는 공장은 독을 만드는 공장과 다르지 않을 것이며. 그 공장의 공원들은 아무리 음독하지 않겠다고 각서를 써도 슬픔의 독에 중독될 수밖에 없습니다.

자신이 흘린 수많은 땀의 대가를

저 아래, 멀리 저 아래로

깊고도 차갑게 흐르는

한강에게 물어보렴

에베레스트산처럼 쌓인 고통을 딛고

너의 하늘로 날아올라

꿈의 가지를 잡으려는

기억들에게 물어보렴

행복의 눈물이 얼마나 넘쳐흘렀는가

고통의 눈물이 얼마나 남아 있는가?

밤마다 흘린 눈물이

소금이 되어 가게마다 팔리고 있었구나

그 팔린 돈으로

누구를 위해 이것저것 보내려 한 것일까?

친구야, 자신의 관에 누워서 오려고 한 것일까?

– 어이쏘르여 쉬레스터 Aishwarya Shrestha* 「친구」

*네팔 이주 노동자

필리핀에서 온 에리엘 갈락이라는 노동자가 있었습니다. 그는 1992년 성남의 공장에서 일하다 오른쪽 팔을 절단당했습니다. 많은 이주 노동자가 그렇듯 그 역시 불법 체류자였습니다. 12세부터 16세까지의 소년공 이재명의 이력을 아무도 인정해주지 않았듯 에리엘 갈락도 산재를 인정받지 못했습니다. 가족을 부양하기 위해서, 동생들을 학교에 보내기 위해서 낯선 한국에 와서 밤낮없이 일한 에리엘 갈락에게 기다린 것은 보상이 아니라 강제 출국 조치였습니다.

변호사 이재명은 펄럭이는 에리엘 갈락의 오른쪽 옷자락을 보자 자신의 굽은 팔이 아파왔습니다. 1년간의 집요한 재심 절차를 거쳐 변호사 이재명은 기어코 엘리엘 요양 요청을 받아냈습니다. 산재 보상금을 필리핀의 에리엘 갈락에게 송금한 뒤 변호사 이재명은 변호사 사무실과 노동상담소 사무실 식구들과 함께 생맥주를 마셨습니다. 술에 취한 변호사 이재명은 "이제부터 인간을 변호합시다."라고 말했습니다.

우리는 자문해봐야 합니다. 우리라는 이름으로 함부로 너희에게 가시 같은 행동을 한 적이 없는지……. 단일민족, 한 핏줄이라는 이름으로 함부로 다른 민족, 다른 핏줄에게 슬픈 굴레를 씌운 적은 없는지…….

늦은 저녁 때 오는 눈발은 말집 호롱불 밑에 붐비다

늦은 저녁 때 오는 눈발은 조랑말 발굽 밑에 붐비다

늦은 저녁 때 오는 눈발은 여물 써는 소리에 붐비다

늦은 저녁 때 오는 눈발은 변두리 빈터만 다니며 붐비다

- 박용래 「저녁눈」

가정의학과 의사 백기준이 이재명의 성격 분석을 한 적이 있었습니다. 분석 작업이 끝난 뒤 백기준은 이재명을 끌어안고 울기 시작했습니다. 그리고 "얼마나 힘들었느냐?"고 물었습니다. 백기준은 이재명에게 말했습니다.

"외향적이고 적극적인 성격으로 비치는 사람이 실은 내성적이고 소극적일 때 심리적 상흔이 커요."

이재명은 새로운 사람을 만나거나 새로운 세계를 동경하면서도 마음 한편에서는 이를 한없이 두려워했던 것입니다.

이재명은 사회적 지위와 별개로 심리적으로는 여전히 주인공이 아니고 주변인입니다. 하지만 주변인인 까닭에 '늦은 저녁 때 오는 눈발'처럼 외양간의 소의 발굽 밑이나 마구간의 조랑말 발굽 밑을 바라볼 줄 알고, '여물 써는 소리'에 귀를 기울일 수 있었습니다. 변두리 빈터만 돌아다닌 까닭에 중앙이 아닌 변두리 사람들의 생활을 그 누구보다도 이해할 수 있었던 것입니다.

짐승이 그의 상처를
들여다보고 있다
그의 상처를 핥고 있다
가뭄이 오래 든 자리는
가뭄의 흉터 같은
깊은 샘물을 남기듯,
그 상처를 보면 그동안
싸움이 얼마나 치열했는지
알 수 있다

상처 속에서 피어난 꽃들
그 몸으로, 짐승처럼 그 몸으로
한아름 꽃을 안고 그대로
쓰러져 꽃밭이 되었구나

꽃이 꽃씨를 떨구듯
아픈 상처의 딱지가 떨어지듯
어둡던 몸속으로 떨어지는
별 하나,
잠시 아픔도 잊고 환해지는 몸

지금 그 별은 멀리서 빛나고 있지만
누구나 별처럼 빛나는
아름다운 상처를 가지고 산다

- 송찬호 「별은 멀리서 빛나고」

이재명이 성남시장 후보가 된 뒤 선거에서 가장 큰 힘이 된 것은 공장 친구들이었습니다.

이재명은 35년 동안 성남을 떠나지 않았지만 중학교, 고등학교를 다니지 않았던 까닭에 도와줄 동문이 한 명도 없었습니다. 성남에 있는 그의 유일한 인맥은 공장 친구들이었습니다. 아침저녁으로 일렬로 엎드려 방망이로 엉덩이를 맞고 강제로 권투 시합에 나가서 서로 치고받고 싸워야 했던 공장 친구들이 팔을 걷고 나섰던 것입니다.

그 공장 친구들도 이재명과 마찬가지로 '꽃이 꽃씨를 떨구듯, 아픈 상처의 딱지가 떨어지듯' 가슴속에 별처럼 빛나는 아름다운 상처를 지니고 있었으니까요.

까마득한 날에
하늘이 처음 열리고
어데 닭 우는 소리 들렸으랴

모든 산맥들이
바다를 연모해 휘달릴 때도
차마 이곳을 범犯하던 못 하였으리라

끊임없는 광음光陰을
부지런한 계절季節이 피어선 지고
큰 강江물이 비로소 길을 열었다

지금 눈 나리고
매화 향기 홀로 아득하니
내 여기 가난한 노래의 씨를 뿌려라

다시 천고千古의 뒤에
백마 타고 오는 초인超人이 있어
이 광야에 목놓아 부르게 하리라

– 이육사 「광야」

이재명은 공식적으로 대선 출마를 알리자마자 이육사문학관을 찾았습니다. 이날 이육사 시인의 딸인 이옥비를 만난 자리에서 이재명은 평소 이육사 시인을 존경해왔다는 것을 밝힌 뒤 친일 청산을 하지 못한 대한민국의 과거사를 아쉬워했습니다.

이재명이 이육사를 존경하는 이유는 고향인 안동의 대표적인 시인이기 때문만은 아닙니다. 이육사 시인은 1927년 장진홍 의사의 조선은행 대구지점 폭파 사건에 연루돼 수감된 것을 시작으로 1943년 순국할 때가지 무려 17차례나 옥고를 치러야 했습니다. 중국 남경의 조선혁명군사정치간부학교 1기생으로 입교해 졸업한 시인은 본명인 이원록李源祿 대신 이육사李陸史라는 필명을 썼는데, 이 필명은 수감 중 부여받은 수번囚番에서 비롯된 것입니다.

「광야廣野」는 우리 민족의 역사가 높고 평평한 산꼭대기에 이르길 바라는 시인의 간절한 바람이 깃들어 있습니다.

이재명은 우리 민족의 독립을 위해 칼날 같은 서릿발을 맞으며 '하늘도 그만 지쳐 끝난 고원高原'까지 마다하지 않고 걸어간 이육사 시인의 얼을 잊지 않고 있습니다. 이재명은 한 발 디딜 곳조차 없는 상황에서도 강철처럼 의연했던 이육사 시인을 본받고 싶었던 것입니다.

그릇이 되고 싶다

마음 하나 넉넉히 담을 수 있는

투박한 모양의 질그릇이 되고 싶다

그리 오랜 옛날은 아니지만

새벽 별 맑게 흐르던 조선의 하늘

어머니 마음 닮은 정화수 물 한 그릇

그 물 한 그릇 무심히 담던

그런 그릇이 되고 싶다

누군가 간절히 그리운 날이면

그리운 모양대로 저마다 꽃이 되듯

지금 나는 그릇이 되고 싶다

뜨겁고 화려한 사랑의 불꽃이 되기보다는

그리운 내 가슴 샘물을 길어다가

그대 마른 목 적셔줄 수 있는

그저 흔한 그릇이 되고 싶다

- 김시천 「그릇」

이재명은 돌 때 외할머니로부터 놋쇠 밥그릇을 선물 받았습니다. 그릇 안쪽에는 이름 석 자가 반듯하게 음각돼 있었습니다. 이재명은 자라는 내내 자신의 이름을 기억하고 있는 밥그릇이 고맙게 여겨졌습니다. 한 번도 써본 적 없지만 놋쇠 밥그릇을 손으로 쓸어볼 때마다 쌀밥 한 그릇을 다 비운 것처럼 포만감이 밀려왔습니다. 성남에 이사 온 뒤 아버지는 다른 놋쇠붙이들과 함께 이재명의 밥그릇도 팔아 치웠습니다. 이재명에게는 자신의 이름이 사라진 것만 같았습니다. 하지만 이재명은 성인이 된 뒤 모든 밥그릇에는 이름이 있다는 것을 깨닫게 되었습니다. 자신의 밥그릇을 찾아가는 것이 인생이고, 공동체 구성원의 밥그릇에 고르게 밥을 퍼주는 것이 정치임을 몸소 깨달았던 것입니다.

진철이가 갔단다

집 없는 진철이가 갔단다 어딘지 몰라도 갔단다

공원 맞은편 쓰레기통 옆에 허름한 텐트를 쳐놓고 살다

영영 저 세상으로 갔단다

두 겨울을 한뎃잠 자더니

마흔 갓 넘은 젊디 젊은 나이에 숨을 놓았단다

여비도 없을 텐데 어떻게 갔을까

간경화에 암이 번졌는데 거기다 대고

날마다 술을 퍼붓던 진철이가 갔단다

진철이가 갔는데 왜 이다지도 내 마음이 허전하고 울적할까

어저께는 우리 쪽방 사람들끼리 모여서

돈 몇천 원 몇만 원 호주머니 털어서 상을 차려 주었다

웅곤이 형님, 만 원만 빌려주씨요,

손에 만 원을 거머쥐고 진철이 영전에 절을 하고 지폐를 놓았다

미안하네 미안하네 잘 가소

저세상에서는 술 먹지 말고 잘 가소

젊은이들이 자꾸 떠난다

올겨울엔 또 누가 갈까

술 한 잔 들고 나니 눈이 발개졌다

하아, 아직도 흘릴 눈물이 남았단 말인가

- 김두천 「진철이」

이재명 후보의 첫째 공약은 국민기본소득입니다. 임기 내에 청년에게는 연 100만 원, 전 국민에게 1인당 연 100만 원(4인 가구 400만 원)을 지급하겠다는 것입니다. 이재명 후보가 국민기본소득을 첫째 공약으로 내세우는 이유가 무엇일까요? 이재명 후보는 이렇게 말합니다.

"4차 산업혁명이 일자리를 위협하고 있습니다. 사회 · 경제적 양극화로 인해 최소한의 인간다운 삶은 물론 생존마저 위기로 내몰리고 있습니다.

투자할 돈은 남아돌지만 투자할 곳은 찾기 어려운 상황입니다. 대전환의 위기 시대에 위기를 기회로 만드는 정부 역할도 중요한 성장 수단이지만, 세계 최저 수준인 공적이전소득(국가의 가계소득 지원)과 가계 소비를 늘리는 것도 경제 성장의 길입니다.

전 국민에게 소멸성 지역화폐로 지급한 1차 재난지원금의 경제 효과를 상기해 보십시오. 지역화폐형 기본소득이 복지 정책이기에 앞서 경제 정책이라고 말씀드리는 이유입니다.

지역 골목 경제 활성화와 매출 양극화 해소를 위해 소멸성 지역화폐로 지급되는 기본소득은 현금과 달리 경제 활성화 효과가 극대화됩니다.

기본소득은 어렵지 않습니다. 1차 재난지원금이 가구별 아닌 개인별로 균등 지급되고 연 1회든, 월 1회든 정기적으로 지급된다면 그게 바로 기본소득입니다.

성남시 청년배당, 경기도 청년기본소득, 2차례 재난기본소득 지급이 전통시장과 골목상권 등 지역 경제에 얼마나 큰 활기를 불어넣었는지는 통계상으로나 체감적으로 이미 증명되었습니다.

기본소득은 소득 양극화 완화와 경제 활성화를 동시에 달성하는 복지적 경제 정책으로서 재정 효율을 2배로 만드는 일석이조의 복합정책입니다.

행정이 있는 길을 잘 가는 것이라면, 정치는 새로운 길을 만드는 것입니다."

이재명은 성남시장 재직 시 청년기본소득을 실시하기 위해 광화문 광장에서 11일간 단식농성을 해야 했습니다. 그리고 경기도지사가 된 뒤 청년기본소득을 확대해 시행했습니다.

이재명은 공원 맞은 편 쓰레기통 옆에 허름한 텐트를 치고 살았고, 겨울에도 한뎃잠을 자다가 마흔 갓 넘은 나이에 숨을 거두는 사람이 없길 간절히 바랍니다.

이재명은 젊은이들이 절망의 쪽방에서 날마다 술을 퍼붓지 않고, 생활비 때문에 아르바이트를 전전하지 않고, 자기계발을 통해 희망의 미래를 설계할 수 있길 간절히 바랍니다.

이제 우리가 사랑한다는 것은
사랑 때문에 서로를 외롭게 하지 않는 일
사랑 때문에 서로를 기다리게 하지 않는 일

이제 우리가 사랑한다는 것은
사랑 때문에 오히려
슬픔을 슬픔답게 껴안을 수 있는 일
아픔을 아픔답게 앓아낼 수 있는 일

먼 길의 별이여
우리 너무 오래 떠돌았다
우리 한 번 눈 맞춘 그 순간에
지상의 모든 봄의 꽃 피었느니

이제 우리가 사랑한다는 것은

푸른 종 흔들어 헹구는

저녁답 안개마저 물빛처럼

씻어 해맑게 갈무리할 줄 아는 일

사랑 때문에

사랑 아닌 것마저 부드럽게

감싸 안을 줄 아는 일

이제 우리가 진실로

진실로 사랑한다는 것은

- 류근 「이제 우리가 사랑한다는 것은」

소년공 때에도, 대학생 때에도, 인권 변호사 때에도, 성남시장 때에도, 경기도지사 때에도 이재명은 이재명李在明이었습니다.

예전이나 지금이나 이재명은 '어렵다는 것은 가능성이 있다는 것'임을 굳게 믿고 있습니다. 자신의 이름대로 내일 새벽에는 칠흙 같은 어둠을 헤치고 여명이 밝아올 것임을 의심하지 않기 때문입니다.

이재명은 믿습니다.

우리가 사랑한다는 것은 사랑 때문에 서로를 외롭게 하지 않는 일임을.

사랑 때문에 서로를 기다리게 하지 않는 일임을.

이제 우리가 사랑한다는 것은 사랑 때문에 오히려 슬픔을 슬픔답게 껴안을 수 있는 일임을. 아픔을 아픔답게 앓아낼 수 있는 일임을.

이 시대의 대표적인 '민중의 얼굴'을 소개하며 "위험이 있는 곳엔 구원의 힘도 함께 자란다."

황석영 선생의 『심청』은 "참 길은 멀기도 하다. 남들 해치지 말고 살거라."라는 심청의 유언으로 대미를 장식합니다.

조선의 제물포를 시작으로 중국의 난징, 진장, 대만의 지룽, 싱가포르, 일본 오키나와, 나가사키를 경유한 뒤 다시 조선으로 돌아오는 여정 속에서 아편전쟁, 태평천국의 난, 오키나와의 멸망, 메이지 유신과 민란, 동학운동과 청일전쟁, 러일전쟁 등 동아시아 근대사의 굵직한 사건들을 겪은 사람의 유언치고는 담박淡泊하기 이를 데 없습니다. 담박한 유언으로 말미암아 심청의 임종 장면은 외려 비장미悲壯美를 극대화하는 효과를 거두는데, 이는 독자들이 연화, 렌화, 로터스, 렌카 등 이름으로 살다가 고향으로 돌아온 뒤에야 심청深淸이라는 본명을 찾는 주인공의 삶에서 자연스럽게 '진흙 속에서 피어난 연꽃'을 읽을 수 있기 때문일 것입니다.

심청의 여정은 "위험이 있는 곳엔 구원의 힘도 함께 자란다."는 휠덜린의 말에 부합한다고 볼 수 있습니다.

엮은이들은 문학은 사람들이 살아가면서 겪는 희로애락喜怒哀樂을 담아야 한다고 생각합니다. 더 나아가서 민중문학은 민중의 의사를 대변하는 내용을 담아야 한다고 생각합니다. 그런 까닭에 문인들은 인간사人間事에 대한 탐구를 게을리 하지 않아야 하고, 인간을 바라보는 따듯한 시선을 놓치지 않아야 한다고 생각합니다.

신영복 선생이 「민중의 얼굴」이라는 글에서 "최근 조선 후기 사회에 대한 부쩍 높아진 사학계의 관심은 조선 후기가 -조선 초기 군강君强·개창開創의 시기나, 중기의 신강臣强·당쟁黨爭의 시기와 달리- 민중이 무대 복판으로 성큼 걸어 나오는 이른바 민강民强·민란의 시기로서 종래의 왕조사를 지양하고 민중사를 정립하려는 이들에게 이 시기는 대문大門 같은 뜻을 갖기 때문이 아닐지 모르겠습니다. 『토지』의 평사리 농민들, 재인才人 마을의 길산吉山, 『들불』의 여삼 등 이 시대를 살던 민중들의 얼굴을 찾아내려는 일련의 작가적 노력들이 경주되기도 하는 듯합니다. 작가 자신의 역량과 역사 인식의 차이가 반영된 각각 다른 표정의 얼굴들이 제시되고 있음은 오히려 당연한 귀결이라 할 수 있습니다."라고 주장했습니다. 실제로 한국문학에서 민중의 얼굴들은 다양한 표정으로 묘사되었고, 작품 속의 민초들은 조선 후기뿐만 아니라 일제강점기, 해방 후 근·현대사까지 희망의 씨

앗을 파종播種하였습니다.

"어렵다는 것은 가능성이 있다는 것이다."

이재명이 열일곱 살 때 일기에 적은 글입니다.

가난한 집안 형편 때문에 국민학교를 졸업한 뒤 미성년이었던 까닭에 제 이름이 아닌 남의 이름으로 성남의 공장들을 전전해야 했던 소년이 있었습니다. 그 소년은 팔이 굽고 후각을 잃는 산업 재해를 입었지만, 희망을 잃지 않고서 검정고시에 합격한 뒤 중앙대 법과대학 선호장학생으로 입학하였습니다. 그리고 사법고시에 합격한 뒤 인권 변호사의 길을 걸었고 성남시장에 이어 경기도지사에 당선돼 무상교복, 청년배당 등 보편적 복지 정책을 펼쳤습니다. 소년공의 역경을 딛고 대통령 후보에까지 이른 이재명의 길은 충분히 신화적 서사를 지녔다고 볼 수 있습니다.

최악의 조건에서도 도전을 거듭한 끝에 이재명은 성공가도를 달렸지만, 소년공 때나 지자체장, 광역단체장 때나 이재명은 노동자의 벗이 아닌 적이 없었습니다. 산업화의 폐해를 몸소 겪은 소년공 출신이기에 민주화 사회에서는 노동자가 존중받아야 한다는 신념을 버리지 않았기 때문입니다.

엮은이들이 『이재명의 일 포스티노』를 출간하는 이유는 "위험이 있는 곳에서 구원의 힘도 함께 자란다."는 휠덜린의 말과 "어렵다는 것은 가능성이 있다는 것"이라는 이재명의 신념이 결코 다르지 않고,

이 시대의 대표적인 '민중의 얼굴'이 바로 이재명이라고 믿기 때문입니다.

절망의 벽이라고 느낄 때 말없이 벽을 오르는 담쟁이의 길

도종환 시인은 이 책이 나오는 데 가장 큰 도움을 줬습니다. "대한민국의 미래에 문학의 역할이 크다."는 도종환 시인의 말을 듣고서 엮은이들은 이재명이 걸어온 길이 "어쩔 수 없는 벽이라고 느낄 때 말없이 그 벽을 오르는 담쟁이"의 길이며, 우리 민중이 걸어온 길이 "저것은 절망의 벽이라고 말할 때 서둘지 않고 앞으로 나아가서 한 뼘이라도 꼭 여럿이 함께 손을 잡고 오르는" 담쟁이의 길이라는 것을 깨달을 수 있었습니다.

마스크를 써야 하는 일상이 두 해나 이어지는 답답한 상황에서 독자 여러분이 책을 읽으면서 이재명과 함께 시간여행을 하는 동시에 주옥 같은 한국문학 작품들을 읽는 경험을 가져보시길 바랍니다.

일 포스티노(Il Postino)는 우편배달부를 뜻하는 이탈리아어인데, 시인 네루다와 우편배달부 마리오의 우정을 그린 영화 제목이기도 합니다.

우편배달부 이재명이 자전거를 타고서 독자 여러분께 사랑이 깃든 문학 편지를 배달한다는 의미에서 책 제목을 '일 포스티노'라고

정했습니다.

책에 소개된 문학 작품들은 이재명이 페달을 돌려 밝히는 자전거의 전조등과 다르지 않을 것입니다. 그 전조등 아래서 독자 여러분이 설레는 마음으로 사랑의 편지를 읽기를 바라며…….

엮은이

김용락, 유웅오

작품 출처

김주대 「사랑을 기억하는 방식」, 『사랑을 기억하는 방식』, 천년의시작, 2017.

박찬세 「생일」, 『딩아돌하』 2015년 여름호.

신석정 「대춘부待春賦」, 『그 먼 나라를 아르십니까』, 시인생각, 2013.

김종삼 「북치는 소년」, 『북치는 소년』, 민음사, 1979.

이상화 「빼앗긴 들에도 봄은 오는가」, 『빼앗긴 들에도 봄은 오는가』, 시인생각, 2013.

안도현 「너에게 묻는다」, 『외롭고 높고 쓸쓸한』, 문학동네, 2011.

이용악 「슬픈 사람들끼리」, 『오랑캐꽃』, 시인생각, 2013.

김희정 「빈방」, 『백년이 지나도 소리는 여전하다』, 한국문연, 2005.

김지하 「서울 길」, 『타는 목마름으로』, 창작과비평사, 1982.

서정춘 「30년 전 : 1959년 겨울」, 『죽편』, 황금알, 2016.

김소월 「길」, 『진달래꽃』, 매문사, 1925.

이재무 「위대한 식사」, 『얼굴』, 천년의시작, 2018.

김규동 「고향」, 『김규동 시전집』, 창작과비평사, 2011.

김춘수 「꽃」, 『그는 나에게로 와서 꽃이 되었다』, 시인생각, 2013.

박재삼 「들풀 옆에서」, 『시의 정거장』, 난다, 2015.

박노해 「시다의 꿈」, 『노동의 새벽』, 느린걸음, 2014.

문승현 「사계」, 『노래를 찾는 사람들 2집』, 서울음반, 1989.

김광규 「이대二代」, 『희미한 옛 사랑의 그림자』, 민음사, 1995.

조세희 「난장이가 쏘아올린 작은 공」, 『난장이가 쏘아올린 작은 공』, 문학과지성사, 1978.

박노해 「노동의 새벽」, 『노동의 새벽』, 느린걸음, 2014.

이은봉 「탑 : 국가」, 『내 몸에는 달이 살고 있다』, 창작과비평사, 2002.

신기섭 「극락조화」, 『분홍색 흐느낌』, 문학동네, 2006.

곽재구 「수인선」, 『참 맑은 물살』, 창작과비평사, 1995.

김호균 「회화나무」, 『물 밖에서 물을 가지고 놀았다』, 걷는사람, 2020.

김광규 「쓰레기 치는 사람들」, 『희미한 옛 사랑의 그림자』, 민음사, 1995.

김신용 「달팽이 꿈」, 『버려진 사람들』, 고려원, 1988.

공광규 「소주병」, 『소주병』, 실천문학사, 2004.

윤동주 「해바라기 얼굴」, 『정본 윤동주 전집』, 문학과지성사, 2004.

송수권 「산문에 기대어」, 『산문에 기대어』, 문학사상, 1980.

신동엽 「달이 뜨거든 : 아사달 · 아사녀의 노래」, 『누가 하늘을 보았다 하는가』, 창작과비평사, 1999.

조오현 스님 「침목枕木 : 1980년 방문榜文」, 『적멸을 위하여』, 문학사상, 2012.

도종환 「가죽나무」, 『부드러운 직선』, 창작과비평사, 1998.

박남준 「지친 어깨 위에 작은 별」, 『그 숲에 새를 묻지 못한 사람이 있다』, 창작과비평사, 1995.

배창환 「좋은 사람들」, 『겨울 가야산』, 실천문학사, 2006.

김수영 「풀」, 『김수영 전집』, 창장과비평사, 1990.

백　석 「모닥불」, 『정본 백석시집』, 문학동네, 2007.

신경림 「말과 별 : 소백산에서」, 『길』, 창작과비평사, 1990.

전윤호 「메기 낚시 : 흐름에 대하여」, 『늦은 인사』, 백조, 2021.

김용락 「법」, 『기차 소리를 듣고 싶다』, 창작과비평사, 1996.

정민경 「그날」, 《5·18 민주화운동 서울기념사업회》

김종길 「성탄제」, 『황사현상』, 민음사, 1986.

조태일 「어머니를 찾아서」, 『조태일 시전집 02』, 창작과비평사, 2009.

유치환 「행복」, 『생명의 서』, 미래사, 1991.

신경림 「가난한 사랑 노래 : 이웃의 한 젊은이를 위하여」, 『신경림 시전집 1』, 창작과비평사, 2004.

문태준 「백년」, 『그늘의 발달』, 문학과지성사, 2008.

윤흥길 『아홉 켤레의 구두로 남은 사내』, 문학과지성사, 2001.

서광일 「복숭아」, 『뭔가 해명해야 할 것 같은 4번 출구』, 파란, 2017.

유응오 「수박」, 《숙대신보》, 2000.

유 하 「일 포스티노 : 자전거의 노래를 들어라 3」, 『천일마화』, 문학과지성사, 2000.

김남주 「노래」, 『사랑의 무기』, 창작과비평사, 1989.

이병률 「독 만드는 공장의 공원들은」, 『바람의 사생활』, 창작과비평사, 2006.

어이쏘르여 쉬레스터 Aishwarya Shrestha 「친구」, 『여기는 기계의 도시란다』, 삶창, 2020.

박용래 「저녁눈」, 『강아지풀』, 민음사, 1975.

송찬호 「별은 멀리서 빛나고」, 『10년 동안의 빈 의자』, 문학과지성사, 1994.

이육사 「광야」, 『이육사 시집』, 서울출판사, 1946.

김시천 「그릇」, 『풍등』, 고두미, 2018.

김두천 「진철이」, 2012년 민들레 예술문학상 수상작.

류 근 「이제 우리가 사랑한다는 것은」, 『어떻게든 이별』, 문학과지성사, 2016.

작가 약력

김주대 (1965~)경북 상주 출생. 1989년 『민중시』, 1991년 『창작과비평』으로 작품 활동을 시작했다. 시집 『도화동 사십계단』 『그리움의 넓이』 등이 있다.

박찬세 (1917~) 충남 공주 출생. 2009년 『실천문학』으로 등단. 시집 『눈만 봐도 다 알아』가 있다.

신석정 (1907~1974) 전북 부안 출생. 1931년 『시문학』으로 등단. 시집 『촛불』 『그대바람 소리』 등이 있다.

김종삼 (1921~1984) 황해도 은율 출생. 1953년 『신세계』로 등단했다. 시집 『시인학교』 『북치는 소년』 등이 있다.

이상화 (1901~1943) 대구 출생. 1922년 『백조』로 등단했다. 시집 『상화

와 고월』에 16편 유작이 실려 있다.

안도현 (1961~) 경북 예천 출생. 1984년《동아일보》로 등단했다. 시집 『연어』『간절하게 참 철없이』 등이 있다.

이용악 (1914~1971) 함북 경성 출생. 1953년『신인문학』으로 등단했다. 시집『낡은 집』『오랑캐꽃』 등이 있다.

김희정 (1967~) 전남 무안 출생. 2002년《충청일보》로 등단했다. 시집 『백년이 지나도 소리는 여전하다』『몸의 이름들』 등이 있다.

김지하 (1941~) 전남 목포 출생. 1969년『시인』으로 등단했다. 시집『황토』『타는 목마름으로』 등이 있다.

서정춘 (1941~) 전남 순천 출생. 1968년《신아일보》로 등단했다. 시집 『죽편』『하류』 등이 있다.

김소월 (1902~1934) 평북 구성 출생. 1920년『창조』로 등단했다. 시집 『진달래꽃』이 있다.

이재무 (1958~) 충남 부여 출생. 1953년『삶의문학』을 통해 작품 활동을 시작했다. 시집『선달 그믐』『데스벨리에서 죽다』 등이 있다.

김규동 (1925~2011) 함북 종성 출생. 1947년《예술조선》으로 등단했다. 시집『나비와 광장』『느릅나무에게』 등이 있다.

김춘수 (1922~2004) 경남 통영 출생. 1946년『날개』를 통해 작품 활동을 시작했다. 시집 『꽃의 소묘』 『부다페스트에서의 소녀의 죽음』 등이 있다.

박재삼 (1933~1997) 일본 도쿄 출생. 1955년 『현대문학』으로 등단했다. 시집 『춘향이 마음』 『뜨거운 달』 등이 있다.

박노해 (1957~) 전남 함평 출생. 1983년 『시와경제』를 통해 작품 활동을 시작했다. 시집 『노동의 새벽』 『참된 시작』 등이 있다.

이은봉 (1953~) 충남 공주 출생. 1984년 『창작과비평』을 통해 작품 활동을 시작했다. 시집 『좋은 세상』 『걸어 다니는 별』 등이 있다.

문승현 작사, 작곡가.

김광규 (1941~) 서울 출생. 1975년 『문학과지성』으로 등단했다. 시집 『시간의 부드러운 손』 『오른손이 아픈 날』 등이 있다.

조세희 (1942~) 경기도 가평 출생. 1965년 《경향신문》으로 등단했다. 소설 『난장이가 쏘아올린 작은 공』 『시간여행』 등이 있다.

신기섭 (1979~ 2005) 경북 문경 출생. 2005년 《한국일보》로 등단했다. 시집 『분홍색 흐느낌』이 있다.

곽재구 (1954~) 광주 출생. 1981년 《중앙일보》로 등단했다. 시집 『사평역에서』 『참 맑은 물살』 등이 있다.

김호균 (1946~) 강원도 양양 출생. 1944년 『세계일보』로 등단했다. 시집 『물 밖에서 물을 가지고 놀았다』가 있다.

김신용 (1945~) 부산 출생. 1988년 『현대시사상』을 통해 작품 활동을 시작했다. 시집 『버려진 사람들』 『환상통』 등이 있다.

공광규 (1960~) 서울 출생. 1986년 『동서문학』으로 등단했다. 시집 『소주병』 『담장을 허물다』 등이 있다.

윤동주 (1917~1945) 만주 북간도 출생. 시집 『하늘과 바람과 별과 시』가 있다.

송수권 (1940~2016) 전남 고흥 출생. 1975년 『문학사상』으로 등단했다. 시집 『산문에 기대어』 『하늘을 나는 자전거』 등이 있다.

신동엽 (1930~1969) 충남 부여 출생. 1959년 《조선일보》로 등단했다. 시집 『금강』 『누가 하늘을 보았다 하는가』 등이 있다.

조오현 스님 (1932~2018) 경남 밀양 출생. 1968년 『시조문학』으로 등단했다. 시집 『적멸을 위하여』 『마음 하나』 등이 있다.

도종환 (1955~) 충북 청주 출생. 1980년 동인지 『분단시대』를 통해 작품 활동을 시작했다. 시집 『접시꽃 당신』 『사람의 마을에 꽃이 진다』 등이 있다.

박남준 (1957~) 전남 법성포 출생. 1984년 『시인』으로 등단했다. 시집 『세상 길가에 나무가 되어』 『어린 왕자로부터 새드 무비』 등이 있다.

배창환 (1955~) 경북 상주 출생. 1981년 『세계문학』으로 등단했다. 시집 『잠든 그대』 『다시 사랑하는 제자에게』 등이 있다.

김수영 (1921~1968) 서울 출생. 1945년 『예술부락』으로 등단했다. 시집 『거대한 뿌리』가 있다.

백 석 (1912~1996) 평북 정주 출생. 1935년 《조선일보》에 시를 발표하며 시인으로 활동을 시작했다. 시집 『사슴』이 있다.

신경림 (1936~) 충북 충주 출생. 1956년 『문학예술』을 통해 작품 활동을 시작했다. 시집 『농무』 『가난한 사랑 노래』 등이 있다.

전윤호 (1964~) 강원도 정선 출생. 1991년 『현대문학』으로 등단했다. 시집 『이제 아내는 날 사랑하지 않는다』 『늦은 인사』 등이 있다.

김용락 (1959~) 경북 의성 출생. 1980년 동인지 『분단시대』를 통해 작품 활동을 시작했다. 시집 『푸른 별』 『기차 소리를 듣고 싶다』 등이 있다.

정민경 광주 출생. 카피라이터로 활동하고 있다.

김종길 (1926~2017) 경북 안동 출생. 1947년 《경향신문》으로 등단했다. 시집 『달맞이꽃』 『그것들』 등이 있다.

조태일 (1941~1999) 경북 의성 출생. 1964년 《경향신문》으로 등단했다. 시집 『국토』 『가거도』 등이 있다.

유치환 (1908~1967) 경남 통영 출생. 1931년 『문예월간』으로 등단했다. 시집 『청마시초』 『생명의 서』 등이 있다.

문태준 (1970~) 경북 김천 출생. 1994년 『문예중앙』으로 등단했다. 시집 『맨발』 『가재미』 등이 있다.

윤흥길 (1942~) 전북 정읍 출생. 1968년 《한국일보》로 등단했다. 소설 『아홉 켤레의 구두로 남은 사내』 『밟아도 아리랑』 등이 있다.

서광일 (1974~) 전북 정읍 출생. 1994년 《전북일보》, 2000년 《중앙일보》로 등단했다. 시집 『뭔가 해명해야 할 것 같은 4번 출구』 가 있다.

유응오 (1972~) 충남 부여 출생. 2001년 《불교신문》, 2007년 《한국일보》로 등단했다. 소설 『하루코의 봄』이 있다.

유 하 (1963~) 전북 고창 출생. 1988년 『문예중앙』 으로 등단했다. 시집 『바람 부는 날은 압구정으로 가야 한다』 『천일마화』 등이 있다.

김남주 (1945~1994) 전남 해남 출생. 1974년 『창작과비평』으로 등단했다. 시집 『조국은 하나다』 『사상의 거처』 등이 있다.

이병률 (1967~) 충북 제천 출생. 1995년 《한국일보》로 등단했다. 시집 『바람의 사생활』 『바다는 잘 있습니다』 등이 있다.

어이쏘르여 쉬레스터 Aishwarya Shrestha 네팔 출신 이주노동자이다.

박용래 (1925~1980) 충남 논산 출생. 1956년 『현대문학』으로 등단했다. 시집 『싸락눈』 『백발의 꽃대궁』 등이 있다.

송찬호 (1959~) 충북 보은 출생. 1987년 『우리시대의문학』으로 등단했다. 시집 『흙은 사각형의 기억을 갖고 있다』 『분홍 나막신』 등이 있다.

이육사 (1904~1944) 경북 안동 출생. 1933년 『신조선』으로 등단했다. 시집 『육사시집』이 있다.

김시천 (1956~2018) 충북 청주 출생. 『분단시대』를 통해 작품 활동을 시작했다. 시집 『청풍에 살던 나무』 『풍등』 등이 있다.

류 근 (1966~) 경북 문경 출생. 1992년 《문화일보》로 등단했다. 시집 『상처적 체질』 『어떻게든 이별』 이 있다.

이재명의 일 포스티노

초판 1쇄 발행 2022년 1월 28일

엮은이 김용락, 유응오
펴낸이 이계섭
책임 편집 이라희
디자인 정계수

펴낸곳 (주)백조
주소 경기도 화성시 노작로2길 6 202호
출판등록 2020년 8월 14일
전화 031-8015-0705
팩스 031-8015-0704
Email. baekjo1120@naver.com
값 13,000원
ISBN 979-11-91948-03-5